〈……
的
第 一 法 則〉

U0053993

〈做金庸的男人〉

〈楔子〉
〈綁架〉

頭部發著痛，我微微張開眼睛，模糊的視線慢慢變得清晰。迎面是一個黑色的洞，四周是銀金屬的色澤，輪子上有銅黃色的子彈。一把帶有刮痕的老舊柯爾特刑搜型左輪手槍瞄準我的額頭。

「慢……慢著！冷靜一點！」雖然那左輪手槍已經是快二百年前的產物，但我絕對不懷疑它有把人類腦袋轟出一個大洞的能力。

「閉嘴！」持槍的男人頭戴全罩式滑雪面罩，非常憤怒、眼神兇狠地看著我。他持槍的手很穩，可是抵在扳機上的食指卻抖動不已。

「里昂，住手。」一名也是佩戴面罩的駝背老者按住那個名為里昂的男子的手，他另一隻手放在槍身之上，企圖把槍口推開。

「可是爸爸……」原來二人是父子關係。「住手。」老者以沙啞的嗓音厲聲命令，里昂也只好嘆著氣把手槍的保險掣鎖上，放下槍。額頭離開子彈的射擊軌道後，我也深深地鬆了口氣。我正要向那老者道謝，可沒等我說出口，他就說道：「一槍殺死太便宜他了，他不配痛快地死亡，我們去買些刑具回來。」

「你……你們兩個給我適可而止！」我怒了，卻發現自己的雙手雙腳都被綁在牀角的柱子上，動彈不得。現在我宛如在屠場的豬，處於無從反抗、任人魚肉的狀態。可惡，到底是搞什麼鬼？里昂和老者怒視我，前者作勢要打我，後者卻阻止。

「你們幹什麼綁架我？我可沒錢啊！」雖然我是個靠寫小說就能維持日常收入的作家，但比起那些賺大錢的作家，我也不過是微塵而已，我不認為自己的資產和名氣足以引來罪犯綁架我。「你腦袋進水了？我們不是要錢。」我稍微回想剛才的情況，準確地說，他們是想殺掉我。

「別跟他說那麼多了，我們去買東西吧。」老者說完，便帶著忿忿不平的里昂走出四四方方的小房間。我把握機會去看大門後的環境，房間通向另一個簡樸的外室，甚至能看到失修的牆壁，看來這裡本來是一間廢置屋。大門咔嚓一聲關上後，小房間內變得鴉雀無聲，靜得只剩自己因恐懼而不斷加速的心跳聲，和氧氣急促進入肺部的節拍。

〈第一章〉

〈伊甸終端機〉

兩個明顯想置我於死地的怒漢離開房間後，寂靜的環境讓我慢慢冷靜下來。我開始環視房間，判斷目前的狀況。

首先，我被兩個不知為何想殺死我的男人綁架了，他們的目的不是錢。我的手腳被繩子以死結綁著，很緊，繩子壓迫著手腕和腳腕的肌肉，但未至於會造成瘀傷。這個四方形房間帶著淡淡的木頭氣味，天花掛了吊燈。沒有窗戶，沒有新鮮空氣，亦沒有冷氣，很熱，我的身體已經滲出不少汗水。我無法判斷房間的所在地和方位。房間的牆壁全數被隔音棉覆蓋，就是那些音樂室的隔音設備，大概能把聲音振動吸收，以確保噪音不會傳到外面去。他們準備到這個程度，也就是說，我無論怎麼力竭聲嘶地大喊求救都無補於事，不可能有人聽得到。

房內只有一張牀，地上放了可供人小解的瓶子和大解的矮小圓桶，牀正對著門，可是門也貼上了隔音棉，我從門把旁沒被覆蓋的部分看出門是木造的。房間內沒有任何配備了人工智能的電器。

周圍環境大致上描述完畢，接下來輪到我自身的狀況。從剛才張開眼開始就一直有些不協調感，現在冷靜下來理清思緒，才知道我的視覺畫面出了問題。看到里昂和老者時，沒有電子化的數據出現在他們的樣子旁邊，也沒有人臉辨識的圓環包圍他們的臉孔。我的雙手被拉高綁著，所以肩膀就在耳朵旁不遠處。我把頭靠右，耳朵接觸到肩膀的肌肉，卻沒有異物夾在中間的感覺。沒有佩戴著伊甸終端機。我大吃一驚，因為我向來習慣把終端機佩戴在右耳，可是右耳沒有，唯有懷著最後一絲希望把頭靠左，柔軟的觸感也表示著我沒有佩戴任何機械。見鬼。伊甸終端機是伊甸園公司的行政總裁文森·拉羅於二十年前，即二零九二年推出的多功能綜合數據終端機。像歷史中的微軟家用電腦、喬布斯發明的智能手機、特斯拉的電動車、伊隆·馬斯克推出的智能植入晶片一樣，是短短十年間改變全人類生活模式的科技產品。伊甸園公司的市值也在終端機推出後再三翻倍，成為第一間市值破百兆美元的超級巨無霸科技企業。目前全世界只有另一間靠賣機械生化人，名為賽博格公司的科技企業有機會跟它比拼高下。兩間公司近兩三年來的差距慢慢縮小，隨著全球超過八成人類使用終端機，伊甸園公司的市場漸漸飽和，令公司盈利逐年下降。反之賽博格公司機械器官、大腦移植的業務隨著全球人口老化蒸蒸日上，華爾街的財經分析員都認為再過兩三年，賽博格公司就會坐上全球最大市值公司的寶座。

我佩戴的伊甸終端機是第八代機種，像舊時代的藍牙耳機，但形狀符合人體工學設計，戴上全日耳朵也不會有不適感。相比曾經有公司推出，必須透過手術植入的晶片，普通人還是對佩戴外物的接受度比較高，至少不會痛。何況它的價錢也比植入手術便宜，久而久之終端機就淘汰了植入式晶片。

伊甸園公司平均每兩年左右便會推出新機種，以改善用家體驗。它的基本功能包括身體機能實時檢測、環境危險指數評估及提示、虛擬交易、控制家用智能電器、上網、接駁視覺資訊、上載實時記憶到伊甸雲端儲存空間、重播記憶、安眠，以及發出能穩定極端情緒的電磁波等等。基本上所有能想到的功能都一應俱全，而它同時亦可不間斷地把接收到的外界資訊數據化，再傳到伊甸園主服務器。近年來伊甸園公司導致的個人私隱泄漏問題備受關注，更一度出現「逃離伊甸」的社會運動。然而終端機為社會帶來的利益始終較多，比如它會告訴隱性心臟病人士相關風險，也會在用家病發時自動叫救護車，大大提高了急性病發患者的存活率。此外，由於它長期嚴密監控個人健康數據，可以預早在癌細胞病變之前提醒主人注意飲食和多做運動，令長期病患者的人數大大減少。甚至有案例是發生工地意外前，終端機及時提醒主人避開附近區域，令意外發生時的傷亡數字大大減少。因此，社會運動最後還是無疾而終。

近年，連殺人、傷人等犯罪事件都下降到全球每年只有十幾宗。這是因為一旦發現用家出現極端情緒的話，終端機便會發出安撫電磁波，假如到了無可挽回的情況，它也會自動報警，加上它會透過兇手的視覺畫面記錄他的犯罪過程，所以任何人一旦草率地犯罪就有九成以上的機會被繩之以法，使全球大都市內——特別是市中心附近長期處於安全及穩定的狀態。兇手不戴終端機，受害者也不戴終端機的情況始終是少數，所以只要受害者「看得到」，多少也會留下紀錄。然而我的伊甸終端機卻被里昂他們脫了下來，回想剛剛他們二人的耳朵上也不見有戴著什麼，所以我正處於一個監視真空的房間內。我已經忘掉之前為什麼會昏倒，但犯罪者要下手，我也聽說過不少方法。

首先到現在仍然難以監管的暗網購買電波干擾器，然後在平日晚上的入睡時間拆下終端機，到遠離市中心和沒有「天使之眼」的市郊或老舊街區進行交易。縱使全球超過七成的街道已經完成電子化和配有天使之眼，但這些配置基本上都集中在都市中央部分，而每個地方總有市郊和貧民區，一定存在監視的盲點區，犯罪者則在那裡自由地進行非法勾當。即使前往監視真空區的路上會有閉路電視，但聰明的犯罪者仍然有方法在這些鏡頭中「隱身」。我這種窮作家自然無法住到市中心的豪華地段去，只能住在近郊的城市，所以附近的閉路電視並不是天使之眼，只是一般的舊型號。里昂他們當時可能在我的不遠處使用干擾器，令我的終端機無法提醒我即將發生的危險事件，附近的閉路電視也因而失靈，隨後他們就以重物從後把我擊暈。我暈倒後，他們再把終端機拆下來即可，因為我已經閉上眼睛，就算是沒被干擾的終端機也只有漆黑一片的視覺資訊而已。

一般而言，突如其來地關機或脫下裝置，終端機會自動以象徵警告的紅色警示把數據傳回主伺服器，伊甸園公司則會在評估數據後報警。可是受到干擾的話，終端機仍在開機狀態，就不會把數據反饋給主機。雖然伊甸園公司每次推出新機體和軟體更新都會辨識和預防最新的干擾電波，但道高一尺魔高一丈，犯罪分子總能研發出新的干擾電波繞過辨別程式去犯案。所以終端機對新型干擾電波的戰役中，前者總會慢了一步，必須待人發現新電波的存在才能防止。恐怕我就是新干擾電波下的犧牲品吧。另外，如果綁架我的二人把我的終端機拆下後留在原地，警方根據衛星定位去到現場後就沒有進一步線索了。現在只能祈求他們的干擾器有品質問題，使外面的天使之眼或是閉路電視有機會拍到他們帶走我的身影吧。可是在警察找到我之前，若我被發狂的里昂一槍殺死的話，他們也只能找到一具屍體。這個房間發生什麼事，沒有大數據協助的警察完全不知道。近二十年來，沒有數據線索的案件，破案率是極低的。也就是說，只要犯罪者能避開幾乎無處不在的電子監控，犯下殺人等罪行的話，警方是極難破案的。說到底，少數人類的智慧還是能勝出的。

在社會上大部分事物都被電子化，到處是監控鏡頭和人工智能的二一一二年，警察若果無法在五分鐘內找出綁架案中的犯人和受害者身在何方，就要做好心理準備。這些很缺數據線索的案件，受害人也不用期望警方在短期內能找出自己的位置。我不知道我昏迷了多久，但醒來後已經快三分鐘，再多等一會兒就能確定我的處境。老實說，希望不大。

如我所料，默默多等兩分鐘後，沒有我期望的破門而入，沒有警察在外面大聲叫嚷和攻堅的槍聲，當然也沒有里昂和老者的投降求饒聲。不行了，很明顯他們兩個都是有智慧的罪犯，綁架我是經過全盤計劃的。而且他們的行動能避開電子監視，現在就算警察知道我失蹤也只能在毫無關連的地區團團轉。既然如此我就只能逃走，可是怎樣逃？我雙手被綁著，四肢無法使出全力。話說回來，我到底哪裡得罪他們了？在我記憶之中……慢著……記憶？

基本個人資料我全都記得，我叫阿祖，今年四十二歲，已屆不惑之年，二十一歲就讀大學時憑在網上討論區連載《我的職業是遺書代筆》以筆名「火呆人」出道，之後在小說和影視界浮浮沉沉近廿載，像成人電影女星般不時改筆名推出其他風格的作品，但仍是沒法爆紅，從五年前開始就一直固定使用一個筆名創作。結過婚又離婚了，現在有個處於短期浪漫關係的女朋友。我靠著網上月費平台、多年小說稿費、教授故事寫作班、系列小說改編作品的版權收益、親自接受的編劇委託、角色周邊商品收益等等，努力了廿一年，算是勉強達到一個公司中層業務員的收入，不愁吃喝，也有閒錢娛樂自己。我只是回想一下關於自己的事，確保自己沒有記憶障礙，幸好我的短期記憶和長期記憶都沒有大問題。事實上，即使記憶透過終端機送到伊甸雲端，也不會出現我們的大腦只剩空殼的狀態。情況就像上世紀，谷歌開始提供自動儲存密碼功能，但人們還是能記下自己的密碼。當然，技術推出後十幾年，便愈來愈多人有記憶密碼的障礙，而系統廣泛地幫助人類記錄後，也漸漸令之後幾代人腦內負責記憶的海馬迴縮小了三分之一。二一一二年的人類相比一百年前，只以大腦的記憶容量計算，絕對比較遜色。

但我們並非完全失去記憶能力，終端機也不會奪取我們的記憶，在一般模式下，不過是把我們看到的事物數據化、備份，並把副本傳送到伊甸園公司的分析中心罷了。也有不少人喜歡另一種直接把記憶交給終端機，自己什麼都不用記著的「全信任模式」。不過我個人不太喜歡這個功能就是了。因為我不想拆下終端機後就幾乎什麼都記不起，而且也有一點受以前的事影響，令我習慣了記著自己的過去。

但已經愈來愈多人直接放棄靠自己記著事情了，因為在科學的角度看來，人腦在精確性上是敵不過電腦的，終端機可以發揮一般人類大腦無法做到的功能。除了少數擁有超憶能力的人類外，大部分人是無法精確地說出自己三年前的某個特定日子，哪時哪分在哪裡做過什麼行為的。連舊時代的人做不到，更遑論新時代的人了。

但是記憶電子化後，我們便能隨時回放任何時間段的記憶，這樣我就知道自己上年一月六日下午四時三十七分二十五秒在家裡的廚房煮著古典玫瑰園的皇家伯爵紅茶。不過把記憶交給終端機，也導致很多新一代小孩子在拆下終端機後，甚至連一小時前發生的事都不記得。

在伊甸終端機推出之後，警方的搜證和口供記錄等程序都變得更簡單和精確。由伊莉莎白·羅芙托斯進行的著名「購物中心迷路實驗」證實，只要受到適當的心理暗示，人類的記憶是可被引導和捏造的。因此部分參加者對自己小時候曾在購物中心迷路的這段假記憶深信不疑。這種情況在記憶電子化後已經不會再出現，因為輕輕按下「回放」，你在兩歲生日那天拉過的屎是什麼形狀都能重現出來。這種記憶重播在一百年前的科幻劇集《黑鏡》中也曾經提及，讓人不得不佩服舊年代硬科幻故事創作人的前瞻性。

現在我的終端機被拆下，自然無法隨時回放自己的記憶，我對里昂他們沒有任何印象，但很可能看記憶重播時能發現自己在八年前的七月二十日下午兩點十一分四十三秒跟這些傢伙擦身而過也說不定。正在想著的時候，門外有動靜了。我全身冷汗直冒，背上每個毛孔都狂滲著恐懼，那兩個男人到底要對我施行怎樣的酷刑？我用力吞了口唾液，心跳瘋狂加速，因太久沒喝水而泛乾的嘴唇抖動著。

鐵門柄被轉動。

我沒有家人，加上作家身份常在家中工作，每個月可能只會跟朋友相聚一兩次，也就是如果我失蹤了，沒有人會發現且為我報警。而朋友們對於我不出來吃飯也不會太在意，誰會因為朋友幾天沒回覆短訊就認為對方有生命危險了？這裡又不是葛咸城。就是說，我死亡後大概好一段時間都不會被世人知道，只會孤獨地化為枯骨。我不要……雖然年青時也想過死，可是現在不要。我現在是收成期，難得快要跨過以前那個深淵，我不要現在死！不要死得不明不白！不要死於酷刑！

我不要！

咔——嚓。

我發揮著不合時宜的豐富幻想力，腦中盡是快速閃過的酷刑畫面：他們會把魚網套在我身上，用刀把被魚網線壓迫突出的肉一片片割下來；他們會切開我的肚子，以腸子彈奏交響樂；他們會以細細的銀針鑽入我指甲之間的小縫；他們會把我的牙齒一顆顆強拔出來……我詛咒我的作家腦袋！光是想到就已經全身發痛，連淚水都要飛出來了。

大門打開。

「對不起！我不知道我做錯了什麼！但對不起！不要殺死我！不要施酷刑！求求你們！對不起！求求你們！」我聲淚俱下地求饒著，雖然他們兩個費了這麼大的勁把我綁架，求饒應該沒用，但試一試也許有機會吧？

「要我做牛做馬都可以！求你們放過我！」

「呃……」大門方向傳來的嗓音，令我也不禁錯愕起來。怎會……這麼動聽？剛才里昂和老者的聲音都是低沉的，現在開門者的單音卻宛如天使撥弄豎琴弦的樂聲。

而且從開門的一瞬間，就湧來一陣成熟水蜜桃的甜香，那美妙的聲音和香味讓我急不及待張開眼看個究竟。

來者沒有戴面罩，金色的負離子過肩長髮，三七分瀏海，雪白的肌膚白裡透紅、吹彈可破，配上湖綠色的眼睛，高挺的鼻子下那粉潤小巧的雙唇因受驚微微張開。深邃的輪廓配搭恰到好處的五官比例，簡直就是上帝的藝術品。不僅如此，一般來說公平的上帝在創造人類時總會分散每人的屬性點數，美貌爆表的話身材或性格點數就相對較低，可是上帝的造人準則在她身上完全失靈。完美的外表還有巨乳纖腰，光是多看兩眼就感覺到一股暖流要湧到雙腳之間了。

我又再嚥下口水，這次卻是要冷靜，抑壓自己不安分的邪念，在被五花大綁，身上也只剩下背心內衣和內褲的狀態下，雙腳之間的小傢伙要是站起來可是很明顯的。雖然她是個美女，可她會出現在這裡，十之八九跟里昂他們有關係，要是我的身體反應被她看到，沒人能保證不會被她割下來。美女年約二十幾歲，身穿緊身直條紋無袖襯衣及黑色運動褲。樣子很像舊年代科幻劇《西部世界》的德蘿洛絲，又像年輕時的成人影星梅洛迪·馬克斯。可是以前者形容她失了一份可愛，用後者形容她又侮辱了她的清純氣息。

我抱著點點的希望，祈求她是個正常人，可以幫我逃離這裡。我看到她一手拿著完好的麵包，應該是給我吃的吧？太好了。我滿心歡喜，直到看見她另一隻手拿著皮革口塞，就是成人玩具那種。我可以肯定就算她不會傷害我，也未至於是會救我的好人。「你……先冷靜一點。」美女說完便關上門：「我叫愛麗絲，跟里昂他們是一夥的。」我下意識想退後，卻受制於手腳的繩子動彈不得：「所以……你也是要殺我的嗎？」

愛麗絲猶豫著，慢慢搖頭：「我不知道。」她向我走過來，放下口塞，坐在牀上。我打量她的雙耳，沒有佩戴終端機。愛麗絲修長而潔白的手指撕下麵包送到我口中：「先吃點東西吧。」不說還好，一說起來就覺得肚子很餓。我很少到街上去，通常是要到出版社做例行的新書藍紙校對工序，才會少見地外出。記憶有一點點恢復過來了，我在出版社完成最後校對後，還跟責任編輯一起吃晚飯。既然昏迷前已經吃了東西，現在卻肚子餓，即是應該已經過了五小時以上吧？

我張口吃下麵包：「可以……喝水嗎？」愛麗絲點點頭，出去拿水再回來，把水餵給我喝，她用的水瓶是運動飲品的可分解塑料瓶。瓶中有點異味，也許是從回收桶中取的吧？在愛麗絲的餵食下我很快就吃完麵包喝了水，感覺身體舒服了不少。我見愛麗絲對我沒有明顯敵意，便試圖跟她談話。

「請問……現在是幾日幾點？」

「星期六下午兩點多吧。」她把瓶子放在地上，準備為我戴上口塞。

「請……請你等一下，拜託！」

愛麗絲搖搖頭：「不可以的，里昂說讓你吃完東西後就得封住你的嘴。」

「不對，你其實也對他們的所作所為有懷疑吧？不然你剛才怎會答不知道？也只有你對我的敵意不是那麼強烈了，拜託跟我說說話，我只想知道多點來龍去脈，不想死得不明不白啊。至少……至少讓我知道我哪裡得罪你們幾位大人吧？」

如果我有任何可乘之機，都只能是從愛麗絲身上切入。里昂和老者的殺意很強烈，我基本上只有等死的份，所以唯有向她下手。愛麗絲聽完我的話，緊閉雙唇，不知在想什麼，單是這個沉思的樣子也足以成為一幅天價的油畫。

「他們在外面買東西吧？在他們回來之前，跟我說一下話吧，之後再封住我的嘴，他們不會發現的。」看來愛麗絲對他們的計劃充滿懷疑，她明顯必須服從二人的指示，但內心卻有一條底線無法跨過。也難怪，始終是殺人的勾當，平常人聽到也許會當玩笑，可是真的要下手時其實沒多少人能完全面不改容、內心毫無波瀾地付諸實行。愛麗絲呼了口氣，柔軟的乳房晃了晃，她點頭答道：「好吧。」我內心已經狂呼，彷彿在奧運足球賽看到自己的國家隊入球一樣，如果四肢沒被綁著，我大概會跳起來尖叫。不過，表面上我還是很冷靜。

愛麗絲坐著，等我開口。為了增加點親和力，我打算先閒話家常來打開話匣子：「這裡真熱啊。」可是她沒有回應。她那靜靜坐著的樣子就足以讓自控力不足的猥瑣大叔對她飛擒大咬了。我盡力把思緒拉回理性一邊，以防自己進入對愛麗絲意淫的狀態。面對這個完美的女人，恐怕失控起來就一發不可收拾，不行不行。

「請問……里昂他們為什麼要殺死我？」既然她不理我，只好單刀直入了。

「里昂的妹妹因為你而自殺，所以他們才要向你報復。」

「因為我……而自殺？」里昂的妹妹，也就是老者的女兒。他們兩個向我復仇的意圖已經很明顯了，可是這又關愛麗絲什麼事？如果她也是那位妹妹的親人，以她的美貌，我若是曾經見過是絕對不會忘記的。

「對，至於原因，你自己清楚。」被她這麼一說，我馬上心虛了一下。是的，我向來清楚自己的所作所為總有一天會引火自焚，可人往往就是道理都懂，要改變時卻做不到。

「那……她妹妹的死，又關你什麼事？」

「她是我從小到大的好姊妹，所以我才會加入里昂他們。」也就是愛麗絲實際上跟里昂的那位妹妹沒有血緣關係，雖然好朋友被人害得自殺也會生氣，但她的怒火應該沒里昂他們大吧？不然現在就不可能跟我說話了。

「那個女生叫什麼名字？」愛麗絲搖搖頭：「我不能告訴你，這會暴露他們的身份。」

「所以里昂是假名吧？」

「對，愛麗絲也是假名。」

「可是為什麼你不戴面罩呢？你就不怕我有機會逃走，指證你是共犯嗎？」

「我不怕，至於原因，你晚點就會知道了。」

「所以我是逃不掉，一定會死了對嗎？」

「我沒這麼說，只是你晚點就會知道。總之我是不怕的，我跟里昂他們不同。」我完全猜不透愛麗絲話裡的意思，也就是說我是有可能活下來的嗎？樂觀一點解讀，也許有一半機率不用死，我現在寧可抱有一點希望。

「你恨我嗎？」我的問題令愛麗絲一呆，她微微低頭，眉頭深鎖：「我不知道。相比恨，我感覺更多的是悲傷。」我不知道她想到什麼，但大概是塵封在心中的回憶開了個缺口，她的鼻子泛紅，淚水已然滑下。這楚楚可憐的臉，看著就令人心痛。

「你……你別這樣……雖然我這麼說很虛偽，因為你的朋友本來就是因我而死……但我還是不希望你哭。」

「你都是這樣追女生的嗎？」老實說，是的。

「眼淚不適合你的臉。我還沒見過你笑，但你笑的話一定很好看。」

「真是死性不改，現在這個樣子還口甜舌滑的。」嘴上這麼說著，可是愛麗絲的嘴角還是忍不住微微向上勾了一下。對於追女生話術我向來是很有自信的，到了這種大難臨頭的情況，想不到我還是出於本能地追女生。也許我的內心很清楚，如果稍後就要死的話，現在為何不好好調戲一下面前的大美女呢？

「要是見到你笑，待會兒就算死，至少也能想著你的笑臉死。反正我現在什麼都沒有了，這樣迎接死亡也不錯。」不過最好還是不要死。愛麗絲似要笑，卻想到什麼，臉色變得落寞：「你以前……也是這樣吸引她的嗎？」我不太清楚那個自殺的女人是誰，但基本上我對每個女人所做的其實也差不多。

「她……是我的讀者嗎？」我的人生中交往過的女生，要不就是從夜店認識，要不就是從我的讀者群裡挑出來的。愛麗絲點點頭。讀者群中，也有我主動和對方主動之別。前者的話，我須要多費一點勁，而且成功率也只有五成。但後者的話，對方早就暗示了對我有好感，基本上是手到拿來。「她有說過我們是怎樣開始的嗎？」

「某一年書展，她獨自去了你的簽名會。那時我還在外國，那個傻丫頭就一直傳短訊跟我說自己跟你的距離又近了點。我記得簽名會在晚上舉行，而我所在的地方才剛是清晨，可我也陪著她聊天，感覺自己就在她身邊和她一起排隊似的。之前就聽她說過很多次你的小說怎樣好看，她有多期待在簽名會見到你的本尊，所以我也很好奇你是一個怎樣的人。」聽著愛麗絲的描述，我的臉色也沉下來了。那個女人給我的感覺，是多麼天真無邪，就是一個典型滿心期待的小粉絲。我彷彿連她當時傳短訊的眼神都能感覺到，那雙大大的眼睛……令我不禁想起最愛的女朋友——蒂花。可是蒂花跟愛麗絲的朋友，有著截然不同的命運。

「排了大概一個小時終於輪到她，她拿到簽名後跟你拍照，和你說了幾句話已經樂不可支了。雖然沒表達出來，可是她不停傳短訊給我，也傳了你們的合照過來，她說你的樣子比想像中帥氣，本來還以為是個只懂埋首讀書的四眼宅男，結果跟她想像的完全不同。算是因為落差而有點驚喜吧？」愛麗絲回想著昔日，帶著懷念又有淡淡哀傷的表情，不時就會紅起眼來。她沉默了，我們之間只有空氣無聲地流動。而我，也因她的說話不禁憶起跟蒂花的往事。

蒂花是由一開始就支持我的讀者，當我還是在網上討論區連載故事時，她已關注著我，不時給我點讚、留言，直到我有幸得到出版社青睞出版實體書，蒂花就毫不猶豫地買書支持了。她是個身材偏瘦，胸部大小卻適中的黑色長髮女生，樣子也真的很像《太空戰士七》中的蒂花。我還記得第一次見面，她身穿灰白色粗橫條紋的連身裙，卻一點都不顯胖。說起來，已經是我二十一歲的事了，二零九一年憑處女作出道，至今雖然過了快廿一年，我卻對簽書會那天和跟她相處的短短幾個月有很深刻的記憶。同樣是二十一歲的蒂花，正值青春無敵之時，害羞地步步走近我的簽名台。

「你好啊，多謝支持！要寫什麼名字呢？」

「喔，蒂花就可以了。」

那時候她身旁還有個男的，我心想有點可惜，但想來也很正常，這麼漂亮的女生怎會沒男朋友呢？而且我在出道前跟朋友討論過，與讀者發展浪漫關係這種事我堅決不做，因為總覺得搞不好就會身敗名裂。再者，若然我追求讀者失敗後還可能被對方大肆宣揚，被網民嘲笑。我也沒多想蒂花的事，直到書展完結後，某天在網絡社群專頁收到一個短訊，那是蒂花與我的合照。

「我來把合照傳給你了。」

「謝謝你喔！話說你應該買兩本書，跟男朋友一人一本，讓我多賺點稿費。」我開玩笑道。

「哈哈，有男朋友時就多買一本吧！」我記得自己因為這句話而暗自歡喜，雖然明知道是沒可能的，但得知對方不是名花有主，心裡還是高興了一下。

「那位不是你男朋友嗎？」

「不是啦，只是普通朋友。」噢，難怪他們都沒什麼親密的舉動，離開時也沒牽手，原來只是普通朋友。不過也到此為止了，我沒必要再回覆，所以就由我先行中斷這段對話吧。可是沒過十幾分鐘，她又再傳來訊息：「能跟你聊天真開心！」想不到她還主動打開新話題，看來她對我也有些好感。

真誇張啊。已經是二十年前的事了，一些細節記不太清楚，但我跟她聊了幾天就交換手機號碼，開始每天傳兩三次訊息。然後第一次約會，是我提起想到唐人街吃中式的街頭小吃，她說她也想吃。於是我鼓起勇氣，邀請她跟我見面。她也調皮，說要我飯後陪她看電影，不然就不應約，說到這裡，我以前說過「不跟讀者發生浪漫關係」的底線已經蕩然無存。我只希望快點見到她，快點跟她約會。

再次見面時，她還是依舊迷人，臉上有點靦腆，雙手交叉在身前，害羞地跟在我身旁。我記得她身上有股獨特而淡淡的香水味，明顯打扮過一下，但只是化淡妝已經達到錦上添花的效果，不時經過身邊的男人都會偷偷看她。現在我已經忘記那股香味，只記得她的身體一直都很香。我們一起吃飯，大家都表現得有點害羞，我便隨便找些話題。

「真好啊，你都不怕我。」

「怎會怕你啦。」

「始終我是作者，你是讀者嘛，可能會對我很恭敬之類的。」

「你想我對你恭敬嗎？」

「才不要，現在就好，我喜歡自然的互動。」她開懷地笑了，也說我介紹的餐廳很好吃。我們不過是在老舊街區吃中式煎餅，她卻吃得一臉滿足。醬汁沾在她微笑的嘴角上，我鼓起勇氣拿出紙巾，直接幫她擦了。普通朋友的互動，應是把紙巾給對方，而她也隨時可以拒絕我的幫忙。所以這個舉動還是有點親暱的，她就像個孩子，我則像爸爸那樣為她擦去嘴角的醬汁。

「你是麥當勞叔叔嗎？」她大笑出來，引來其他食客的目光。有這麼好笑嗎？她不是敷衍我，是真的從心裡笑出來。看到她笑，我也不自覺笑了。為了報答她的陪伴，我就跟她去電影院。在去電影院的路上，我故意拿出手機玩擴張實境遊戲，一邊走一邊抓小精靈。「哎呀，小心撞到人啦。」蒂花看著我無視路人只顧看手機的樣子，終於忍不住用手拉我一下。

「喔，那你當我的盲人杖好了。」

「你又不盲。」

「盲了啊，我只能看著手機。你的樣子我都看不見了。」蒂花是個聰明的女孩，大概已能猜到我想幹什麼，問道：「那……要怎麼做？」我讓她的手繞住我的手臂，她害羞得臉都紅透了，我說道：「你看到人就拉我，我就知道要避開了。」我記得那時自己的心跳很快，那是戀情快要真正開始前，曖昧期的忐忑感，卻是伴隨興奮的。我知道蒂花也一樣，因為這個舉動而內心小鹿亂撞，所以沒有說話，也沒鬆開手。明明只是第一天見面和約會，卻感覺大家一見如故，似是很快就能發展成情侶的樣子。

蒂花好好地扮演了盲人杖的角色，把我帶到電影院。她像個孩子似的嚷著要看迪士尼的卡通電影，倍感可愛。而我也表現出自己孩子氣的一面，說要吃爆谷，我始終覺得不吃爆谷就不是正式地看電影。她到櫃枱買了票和爆谷，卻在走進隊伍時發現我沒有跟上去，其實我是故意的。蒂花有點失望，嘟起嘴來：「喂喂，你不陪我排隊嗎？」聽到她的話，我沒回應，乖乖地過去跟她排隊。

我們在電影院裡，等待電影開始時，我試著把爆谷送到她嘴前，她略一猶豫，最後還是張口把爆谷吃掉，還小心地只讓我的手指碰到她柔軟水潤的雙唇，而接觸不到她嘴內的唾液。電影播放著的時候，我問她冷不冷，她說有點冷。我把她的手拉過來，以雙手為她取暖，她轉過頭來看著我。

「你都是這樣幫女生取暖的嗎？」

「對特別的女生才會。」

「我……特別嗎？」我點頭，再也忍不住，把頭伸向了她。結果那天，我在電影院與蒂花接吻了。然而，她卻是唯一一個拋棄我的女人。也因為她的出現，令我日後變成一個拋棄女人的男人。在過了人生中最幸福的三個月後，我因為大學的交流計劃要到台灣，出發那天蒂花還送我到機場，跟我約好半年後我回來那天會來機場接我。可是在我還未完成交流計劃時，蒂花已經和另一個男人在一起了。我大受打擊、沒法接受，一而再，再而三希望找她談談，但她卻只以訊息告訴我她受不了遠距離戀愛的寂寞，所以跟另一個男人發生了關係。做錯的人是她，她也沒法再厚顏無恥地待在我身邊，只能直接跟我分手。我怒得把她的所有通訊方式都封鎖和刪除，然而憤怒過後留下的，只有無盡的悲傷。我沒有做錯事，一直有盡男朋友的責任，也很愛很愛蒂花，但為什麼突然就被拋棄？任我怎樣絞盡腦汁都想不到為什麼自己非要受到這種對待不可。

我行屍走肉地在台灣度過了半年後，終於要回去。我還傻得在登機時幻想著蒂花會在我到埗後出現在接機大堂，微笑著跟我說之前都是開玩笑的，然後擁抱我。我們會接吻，會笑著一起離開機場。可是當日的接機大堂彷彿聚集了全世界的人，卻唯獨缺了蒂花一個。我等啊等，光站著發呆，直到日已西沉，發現自己的眼淚都流乾後，我才認命，終於接受我跟蒂花的愛情已經完了的事實。

被蒂花拋棄後，二零九二年中旬，伊甸終端機推出市面，大眾都對這個劃時代科技產品寄予厚望。我聽到可以把記憶上傳到伊甸雲端的技術後也深受吸引。人們對終端機有點不切實際的幻想，網上的傳言也令人們高估它的功能。比如我，當時以為終端機可以幫我儲存跟蒂花的記憶，既然變成數據的話，也就可以刪除了。以為終端機可以實現《無痛失戀》的劇情，移除我腦內跟她美好的點點滴滴，能讓我無痛地失戀。然而實際上，當時終端機雖然可以幫忙儲存記憶，卻無法刪除大腦記憶。說到底那不過是一個儲存空間，情況就如我把密碼儲存在一片光碟中，我雖然能把光碟中的密碼刪除，卻無法抹去我腦中那組密碼。要忘記，只能靠著時間流逝，把記憶沖淡。

人們都說時間是最佳的療傷藥，我卻覺得時間是砂紙，一天一天地磨刷我的傷口，我只感到愈來愈痛。有些創傷，就是無法癒合的。那些說所有傷口都會在時間流逝中癒合的人，都是騙子。你只能說服自己別再在乎，可傷口還是在的。哪天夜闌人靜，回憶爆發便會隱隱作痛。是的，痛楚也許會減弱，可它還是會痛，因為我想你了，卻不能想你了。

對於我們這個見證終端機首次發行的「交接的世代」，還有一件事是終端機做不到的，就是它不能完全記錄我們以前的記憶。現在處於「超科技世代」的人當然沒有這個問題，因為從小就開始佩戴終端機，他們的視覺紀錄能由當時一直儲存到年老。可我們是中途才開始佩戴，只能記錄終端機推出之後的人生經歷，之前所發生的事是沒法數據化的。

終端機推出市面後，我就發現它無法刪除我與蒂花的記憶，無法減輕我無盡的痛苦。如果我晚點出生，一直使用「全信任模式」把記憶交給終端機的話，就能刪除了。我繼續去喝酒、嫖妓、流連夜店。我到網上去看那些關於「放下」的文章，看佛教的小故事，只希望自己能夠釋懷、不再悲傷。後來我把跟蒂花相遇相識相愛到分手的經歷寫成小說，之後又為了排解自己的痛苦而再寫了一部關於失戀的小說，甚至在第三本小說中讓主角因為悲傷而自殺，算是在虛構的世界替我死一遍。然後第四五六七八本出版的小說都一樣以情傷為主題，一樣是為了抒發我心中的悲傷，可是那種痛，依舊一點都沒有減退。

直到有天我重遊故地，回到我們第一次看電影的影院，坐回當日的位置，不同的是這次只有我一個，旁邊是個空位。我有幻想過，蒂花會不會某天也突然想回來這個地方？會不會剛好就是今天？我們會不會見面？我閉上眼祈求著，張開眼來，卻是誰都不在。我失望地等待電影開始，這次的電影不可能再是我們看過的那部迪士尼卡通，至於那是什麼電影我已經忘掉了。只記得當時腦中不停回放著斷斷續續的片段，那是我跟蒂花在一起的時候，我為她的手取暖、餵她吃爆谷、吻她的畫面……

電影完了，觀眾走得七七八八，只剩下我一個看著銀色的幕流淚。然而我卻發現自己的嘴角在微笑著。起初我感到不解，後來我漸漸想明白了，雖然現在很痛苦，但跟蒂花在一起的日子是我真真確確感到最幸福快樂的時光。

我喜歡你，是我獨家的記憶。現在我擁有的事情，是你給我一半的愛情。

那已經是我僅餘下來的快樂了，而且也只能靠自己牢牢記著，終端機是無法幫助我的。我亦無法借助科技的力量回放我跟她的相處片段，那三個月的時光只能永遠存在於我大腦的記憶區之中。我不想忘記剩下來的點點溫暖，所以我死命地天天回想一次跟蒂花去過的地方、吃過的餐廳、做過的愛、看過的電影、逛過的街……在這個已經很少有人以大腦記著回憶的二十二世紀，我依舊把二十年前跟蒂花相處的所有的美好回憶記在腦中。在我感情的封鎖區，有關於你，絕口不提。

我之所以這麼迷戀蒂花，是因為感到跟她有靈魂上的契合。雖然我也有跟其他女生交往過，卻從沒有一個能跟她一樣。我們有相同的笑點，看到有趣的影片總是一起笑出來，她還笑得人仰馬翻，像極了無憂無慮的小女孩。擁有相同的笑點很重要，不少女生跟我的笑點對不上，就會互相認為對方發笑的原因不可理解，久而久之沒法共同分享快樂，愈走愈遠，最後分手。

又比如她喜歡聽的歌，跟我的口味也很像。我曾經有一任女友喜歡聽嘈吵的搖滾樂，也有過一任喜歡聽沒多少人認識的古典音樂。而蒂花則喜歡柔和、有時帶點悲傷的流行情歌。每當我們互相介紹對方聽一首新的歌，總是倚在一起坐著，我把耳機分一邊給她，她頭靠在我肩上，靜靜地聽。我們不必問對方覺得好不好聽，因為只要是介紹過的歌，下次就會出現在對方的播放清單裡。漸漸地，我們的歌單愈來愈相似，甚至幾近一模一樣，只要聽歌便自然聯想到對方。我推介她的舊世代情歌中，她最喜歡《獨家記憶》，總是說希望我也能一直是她獨家的記憶，可是現在只剩下我一個人牢牢記著這段愛情。她特別喜歡林宥嘉。那溫柔而有淡淡哀傷的聲線，有時會讓蒂花聽到哭。可是分手後，每次只剩下我聽著他的歌流淚。而我特別喜歡《天真有邪》，那首歌大概就是我這個賤男的寫照。她太知道害一個人怎樣害一生，她在我乾淨無菌主題樂園加進了壞人，可憐無邪那顆心，就是這樣不知不覺變得狠，狠得好歹不分。

除了這些興趣上的契合，還有她那天真無邪又完美無缺的性格。教我如何不愛她呢？她跟朋友和家人都相處得來，閒時更會做義工幫助被遺棄的小動物，人美心善身材好，年紀輕輕就懂得存錢和投資。光是我跟她交往的第一個星期，就有兩個男生跟她告白，可是她都會主動拒絕我以外的男人。「放心吧，有男朋友時我的防禦力可是很高的！」只是短短三個月，我就認定蒂花是將來的老婆。作為一個年輕男人，理論上很少會想跟女朋友情定終生，可是我卻覺得自己今生不再需要另一個女人。我只想要她，我想要跟蒂花結婚，與她組織家庭，簡簡單單、幸幸福福地生活下去。

正因如此，她要跟我分手時，我才會整個人崩潰。對我來說，那等同世界末日。

大概，我的世界早在二十年前已經滅亡了。

記得看過一部老舊的日本動畫電影，叫《數碼暴龍 LAST EVOLUTION 絆》，我哭得特別厲害。那個反派因為長大而失去了數碼暴龍，為了不讓其他人受到跟她一樣的痛苦，才奪去所有人的意識，把他們永遠留在理想樂園之中。永遠不用長大，也就永遠不用跟數碼暴龍分開，不用體驗那種失去重要之物的痛。她所做的一切，我都感同身受，我很清楚失去最愛的痛苦。既然人生繼續向前就注定要痛苦，何不留在美好的回憶之中？雖然我沒變態得要強迫所有人跟我一樣，但至少我自己會這樣做。我每天回想一次跟蒂花的約會，想到她孩子氣的笑臉就能讓我會心微笑。我寧願活在回憶中，也不要向前走。

可是，在我活在回憶的過程中，卻傷害了很多女生。我很清楚，說到底，我還是不想再被悲傷包圍。於是我繼續從讀者當中找尋下一個對象，希望找到另一個跟我靈魂契合的人，可惜這麼多年過去了，再也沒有像蒂花一樣能讓我衷心感到幸福快樂的女人。而我所傷害的女生中，就有愛麗絲的好朋友。

在我們各自回想過去的這段時間裡，愛麗絲已經流下淚來，那楚楚可憐的樣子惹人憐憫。

「你……別哭……」

「既然你沒想過認真愛她，為什麼不把愛她的責任留給我們？就是因為你嘴上說著愛，實際上卻做著傷害她的事，才害她自殺，令我們這些真心愛她的人都失去了愛她的權利。」愛麗絲吸了吸鼻子，稍為冷靜下來：「你不僅傷害她一個，也傷害了所有愛她的人。她死了，不會再感到痛心，可痛心的感覺是不會消失的，不過是轉嫁到我們三個身上而已。如果由一開始你就認真對待她，就誰都不會受傷了。」

愛麗絲有點激動，雪白的手揪起我的衣領，巨乳因大動作而微晃：「好好愛人，對你來說真的那麼難嗎？」我的眼睛像被巨乳鎖住了，可我還是極力控制自己的目光，看向愛麗絲的臉：「對不起。」

「人都被你害死了，現在才道歉有用嗎？」

「我並不是有意害死她的……」

「無意也罷，她因為你而自殺是事實。」我的淚水沾濕了眼眶：「我不過……是想找一個能再讓我感到快樂和幸福的人而已……」

「這也不是你傷害她的理由。」

「對，不是理由，但我真的不是故意要害她自殺的。對我來說，不過就是交往過後發現大家性格不合才分手。」老實說，那個女人承受不住情傷而自殺，為何要我受罪？愛麗絲聽到我的解釋，揪住衣領的手無力了，她放開我，我的頭撞回硬硬的牀墊上。

「你……連她的名字都還未知道，為什麼能說出是性格不合而分手？」愛麗絲錯愕地看著我，難以置信地問：「你不是和很多女人交往過嗎？在不知道對方是誰的情況下就斷言性格不合，代表你跟每個人分手時都是用相同的理由吧？」

「你覺得這是藉口？可是男歡女愛向來都是性格不合就分手的。」

愛麗絲失落地搖頭，就像看著兒子變得無可救藥的母親：「這只說明了你跟那些女生根本沒有長時間相處過。人們分手的理由很多，價值觀不同、政治觀不同、父母反對、經濟問題、出軌不忠、生活習慣不合、遠距離戀愛、未來發展問題……跟每個伴侶分手都有獨特的原因。以你這個人的往績來看，明明是出軌不忠的可能性更大，你卻直接說成是性格不合了。」我正要回話反駁，愛麗絲卻已經把手上的皮革口塞綁在我的嘴上。我發出「嗚嗚唔唔」的悶響，但她明顯不想再聽到我狡辯。「不論你做錯了什麼，只要將分手的理由包裝成『性格不合』就能把傷害正當化。就算當時是你出軌，你在外面鬼混，被捉姦在牀都好，只要跟人說是和女朋友性格不合而分手，就不用再為自己對愛情的不忠負責任，就不用再為自己對別人造成的傷害負責任！」她冷哼一聲，拿著水瓶站起往大門走去。那婀娜多姿的身體，水蛇般的腰和下面又大又圓的屁股，為我身體的下半部分注入熱血。脫離了她的視線，我也總算不用再控制自己。

「里昂他們是對的，你這種人不配活下去。」她回頭，烙下了這句話，便打開門走出去。愛麗絲離開了，剩下四肢被綁，嘴巴也說不出話來的我。下半身很辛苦，真希望她能解開我一隻手讓我能舒暢一點。可是沒辦法，我只能慢慢冷靜下來。

真想告訴她，我從來沒有出軌。即便在網上有多少個被我甩掉後心有不忿的女讀者對我惡意中傷和抹黑都好，我就是沒做過。有女朋友的時候我很專一，不過是分手後很快又能找到新對象罷了。可是對被我甩掉的女生來說，才剛分手不到幾天，就見我跟新的女生交往，自然會認為我在未和她們分手的時候已經出軌了。我是真的希望找到另一個能令我幸福的終身伴侶，所以每段感情我都認真看待。然而外人哪會懂？他們看到我「很快就有新女友」的事實，便將之扭曲成我濫交鬼混的證據。我委屈的眼淚滑了下來。

〈第二章〉

〈海倫〉

海倫是不會自殺的。

我坐在死因裁判庭的旁聽席上，扶著海倫的母親蘿琳，靜靜等待死因裁判官的判決。經過兩星期的聆訊，情況對我們非常不利。驗屍官和警方的報告一致，屍體只有頸上的致命傷痕，死亡現場是個密室，現場沒有其他人的指紋。雖然天使之眼有拍到海倫駕車離開市中心，但自殺場地位於市郊，而附近街道的舊型號閉路電視並沒有拍到海倫的身影，初步推斷她是使用了黑市的遙距電波干擾器，使攝錄機失靈，在夜裡穿過舊街區抵達廢棄公寓後上吊自殺。

死因庭找來海倫的心理治療師，但證供同樣指向自殺。心理治療師說到海倫曾在兩年前接受過為期六個月的常規心理治療，期間她曾多次提及自己的人生沒有意義、沒法從情傷中走出來、世界是灰色的、希望自殺等，想從無盡的痛苦中解脫。事實上，海倫在遇到我前曾患上嚴重抑鬱症，多次自殺不遂，不僅使與她相依為命的媽媽蘿琳日日在擔憂中度過，更使那些重視她的好朋友們心力交瘁。每次海倫企圖自殺，她的幾個朋友總會花大量精神和時間去找她、安慰她等等。久而久之，朋友跟她相處也變得戰戰兢兢，更有意疏遠她。這使海倫的抑鬱症陷入惡性循環，最後只是徒加蘿琳的負擔。可是這個情況，在認識我之後開始改善。我不知道自己何德何能把她從痛苦的深淵中拯救，但從結果上看，我確實牽過她的手，帶她離開了悲傷的無限輪迴。她臉上的笑容日漸開懷，連蘿琳都很好奇女兒到底遇上什麼事才會有如此天翻地覆的改變。

「我想……是因為我找到了一個能讓我再次感到幸福的男人吧？」聽到這句話的蘿琳很快便想一睹我的盧山真面目。我們見面後讓她多少有點失望了，因為說實在的，就連我也嫌自己太平凡。平凡的外表、平凡的髮型、平凡的聲線……唯一算有點不平凡的地方，只有我的職業。我是個私家偵探，所以會接到各式各樣有趣的委託，也因為當了十幾年，累積下來的經驗和有趣的調查故事很多，認識海倫時就是透過這些故事吸引她的。

我跟海倫是在酒吧中認識的，她一個人在吧枱喝悶酒，已經是常客了。我也漸漸留意到她，一個臉上總是帶著落寞神色的美麗女子，大概快要三十歲的年紀，留著一頭棕色及肩秀髮。修長的手指總是無力地在酒杯邊緣滑動，吸引很多男人過去請她喝酒，可是她都一一回絕。海倫那雙盛載著悲傷的眼睛一直都像注視著遠處的虛空，無神的雙眼使那張五官精緻的臉有點失色。然而這並不損她本來的美貌，要形容的話就像年青時期的茱蒂•佛斯特，《沉默的羔羊》中的聯邦調查員克麗絲。她的胸部不大，雖然身材矮小，雙腿卻是不合比例地長。

最令我好奇的，是海倫不論春夏秋冬，都總愛穿著高領的長袖毛衣。我留意她很久了，就算是熱得人人汗流浹背的盛夏，她都不曾穿過短袖。我的職業病發作，忍不住從她的表情和衣著推測她的背景故事。除此之外，她還是少數不佩戴終端機的人。

「不好意思，能借我十塊錢買杯酒嗎？」那天，我終於鼓起勇氣跟她搭訕。向來都是被人請客的海倫聽了我的請求，皺皺眉，也許真的是頭一次有人來找她借錢買酒。她用下巴示意酒吧周圍：「這裡很多人能借你錢吧？」我沒有退縮，至少她沒叫我滾開，所以還有機會。如果當時我放棄，去找其他人借錢，也就沒有日後跟她的愛情故事了。

「我找你借，因為可能不用還。」又是一個引起問題的回答，海倫還沒將身體轉向我，可能是連續兩個罕見的問題使她的大腦暫時當機了，裡面應該全是問號吧？海倫看向我，表情是不解的，卻故意壓抑自己的好奇，依舊是一張哀傷的臉。

「什麼意思？」

我順勢坐下來，指指她的衣袖：「可能你明天就不在了。」海倫被我一提醒，下意識想保護自己，便把手縮到桌子之下。如我沒有猜錯，長衣袖是用來掩蓋她割手腕的痕跡的，而高及脖子的衣領，則用來掩蓋上吊自殺失敗時造成的頸部傷痕。這個女人已經自殺不遂很多次了。「不過我是個有借有還的人，所以希望你明天還在。如果你借錢給我買酒，我有辦法讓你明天也來見我。」海倫緊咬下唇，似在忍耐著不要微笑出來，她禮貌地點頭：「好吧，你很有創意，我買酒給你喝。」酒保見了我們的互動，不禁偷笑，更暗中向我比出大拇指。他見慣了被海倫拒絕的狂蜂浪蝶，還是頭一次看到有男人跟她成功互動。

「你要怎麼確保我明天還在？」

「我叫愛德華，是個偵探，你叫什麼名字？」

「海倫。」

「好的，海倫。我跟你說啊，我正在調查一宗案件，據說警察已經結案說死者死於車禍意外，可是家屬不滿意這個答案，就委託我出馬調查了。」那其實不是我正在調查的案件，是幾年前一宗由我推翻警方調查結果的案件，雖然多方面的證據都顯示死者死於意外，可我最後卻發現那是一宗謀殺案。我所做的事情也很簡單，不過是把我調查案件的經過告訴海倫。當然用上一些說故事的技巧，加上適當的誇飾法作點綴，使每一天的調查過程都高潮迭起，卻總是在關鍵的時候停下，就像電視連續劇般，留下懸念到第二天。

「……可是啊，我卻發現死者的妻子原來在說謊。」起初海倫還是興致缺缺的樣子，但我對自己的說故事技巧多少有點信心，而在過程中，海倫身體面向的角度也漸漸從正前方移往右邊，也就是我坐的地方。我知道，雖然只是一點點，但她的好奇心確實被我勾起了。我看看手錶，像是忘記了什麼重要的事似的拍拍自己的額頭：「我的天，這麼晚了，我得先回家。」然後急忙喝完最後一口酒，便拿起自己的背包準備離開。

「等等……」海倫似想動手拉著我，可她忍了下來。

「唔？」

「不……沒什麼。」

「明天在這裡見吧，我會還錢給你的。之後再告訴你那個女人說了什麼謊。」海倫不在乎地看看我：「誰說我想知道了？」我微笑：「就當是借你十塊錢的利息吧。先走了，拜拜！」我故意沒有留下聯絡的方法，要是她真的對我有興趣，明天我們就會見面。如果她故意不來，那也說明我今天白費心機了，還是死心比較好。

結果翌日在相同的時間，海倫出現在酒吧之中。我把十塊錢還她，她嘴硬地說：「我才不是為了你而來。」我笑著虛應一下，便繼續跟她聊天。

「說回那個妻子啦，你猜她的口供有哪裡不對勁？」

「我又不在意，你跟我說幹嘛？」

「喔，好吧，那今天就這樣。乾杯。」我跟她輕輕碰杯後，喝了口酒，正要在酒吧隨便找個位置坐下。但是這次，海倫用手拉住了我的衣角。

「唔？」

「可你還是得還我利息。」我會心微笑，因為我知道她已經被我吸引了。接下來只要配合她慢熱的個性，逐漸增加跟她的接觸和互動，應該就能發展成情侶關係。我就像《一千零一夜》中的國王妻子山魯佐德那樣，每天跟海倫說我多年來查案遇到的趣事和怪事。山魯佐德故事說不好的話會被國王處死，而我說得不好海倫可能就會自殺。我暗自抱著最壞的打算，為海倫獻上最棒的調查故事。漸漸地，我和她的距離拉近了。她受過很重的情傷，曾患上嚴重抑鬱症，不僅要服精神科藥物，更要定期見心理治療師。我們約會過好幾次，我都不敢太進取，只是順其自然，讓大家跟感覺走。

所以當我第一次牽起她的手時，她突然認真起來說要好好跟我談談的樣子，實在嚇壞了我。我心想，我們的進展已經超級慢了，該不會牽牽手就派我好人卡或是丟我進朋友區或是斷絕關係什麼的吧？我和海倫坐在海濱長廊的石椅上，長廊偶爾會有慢跑的男女老少經過，遠處有青年們拿著結他在街頭演唱，吸引了不少路人駐足。海水淡淡的鹹味瀰漫在空氣中，微風吹拂海倫的秀髮，帶來百合花洗髮乳的香味。

「我覺得……應該先把我的事告訴你。」海倫把過去曾被賤男拋棄的經歷告訴我，那個男人不是她的初戀，卻是她的最愛。事實上她並沒有稱那個人做賤男，這名稱不過是我加的罷了。「已經是兩年多之前的事，我喜歡了一個男人。他是個作家，在一次公事交流中認識。他是個口甜舌滑，特別懂得浪漫的男人。我雖然也跟不少男人交往過，可他卻是最懂哄我開心的一個，所以我很快就被他這種性格吸引，跟他在一起。」聽著海倫跟另一個男人的往事，我心裡有種酸酸的感覺。吃醋，代表我真的在乎她。「我跟他交往了半年，每天都過得很開心。他就像毒品，我完完全全上癮了。本來一切都很好的，可是後來我懷孕了，我暗自高興，幻想著告訴他後，他會抱著我、吻我，然後下定決心跟我結婚，但最後的結果卻不是我所想那樣。」現實就是如此殘酷，願望跟結果往往截然相反。海倫告訴他，她懷孕了，正期待著一個擁抱，他卻只是怔住沒反應。就算海倫不是個心思敏感的人，看到男朋友沒有笑容的樣子，再笨都猜得到他們的期望出現了落差。海倫因為懷孕感到開心，她滿腦子都是不久的將來一家三口的生活畫面，她幻想他會求婚，為了寶寶組織家庭，幸福地生活下去。可是從那男人驚呆的表情中，能看出他腦中並沒有任何組織家庭的想法。他害怕有寶寶，害怕要負上男人應負的責任。第一反應是沒法騙人的。說到底，這種落差是因為海倫已經認定他是未來老公，但他仍對此猶豫。她想結婚，他卻不想。

自此，他們的爭執便多了。海倫想把孩子生下來，總是質問他為什麼不願結婚，明明結婚就能解決所有問題，但他就是不肯。就算他嘴上說著再多的理由，海倫還是很敏銳地察覺到，他也許不及自己愛得多。海倫認定他是唯一，他卻只當海倫是其一。

「你別這樣想……」

「那為什麼不跟我結婚！」海倫感覺他心中有不能明言的理由，這個心結影響了她的情緒，令她常常吵鬧和大哭。

「你控制好自己！給我多點時間好不好！」

「哪用什麼時間！你現在就告訴我！結還是不結！」

「我真的不知道！你不要逼我！」

「你根本就不愛我！」

「你別這樣說……我愛的……」

「那就跟我結婚！」

「我說給我點時間！」

以前，他們幾乎都不吵架，就算在生活上有少許磨擦，很快就會和好。可是懷孕後，二人有了深層次的矛盾，開始經常吵架和冷戰。不過是兩星期的時間，海倫感覺以前的幸福已經離她很遠了。在冷戰中海倫總是先投降的一個，因為她更在乎這段關係，然而起初的憤怒漸漸消退後，一陣強烈的恐懼便會席捲而來。她打從心底害怕這段關係會因為冷戰而終結。每次冷戰不到兩天，海倫就輾轉反側、徹夜難眠，不停點開終端機的訊息介面，期望著他會傳訊息來哄哄自己，可每次也什麼都等不到。一般人睡覺時會脫下終端機，海倫卻每幾分鐘就重新佩戴，每晚重複幾十次甚至上百次，天就亮了。長期失眠加上懷孕引致的荷爾蒙失調令海倫的脾氣更暴躁。可與她相反，他愈來愈冷漠，幾乎習慣了海倫三天一小吵，五天一大吵的模式。吵鬧和冷戰的時間愈來愈長，次數亦繼續增加。然而她發現，就算道歉過後，他的態度也不再像以前一樣。

「我已經道歉了，你還想我怎樣！？為什麼就不能像以前那樣好好抱抱我哄哄我？為什麼現在連話都不跟我說了！」

「我也不知道。」冷淡的聲線，冰雕般的背影，故意錯開的眼神。海倫已經不知要怎麼辦才好，她也不知道自己想要什麼。懷孕的日子一天天增加，海倫的肚子也愈來愈大。每過一天，墮胎的潛在風險和對身體的傷害也會增加，懷孕三個月內必須做決定，而他已經「好好考慮」了快一個半月。海倫當時並不了解，所謂「需要考慮時間」不過是拖延的藉口，他們二人有感情，令他難以直接拒絕，只能拖延時間。

傻傻的海倫應該要知道，從把懷孕的消息告訴他那一瞬間，他們的關係已經完了。只是海倫不想承認這個事實，所以在他欺騙她說要多點時間考慮後，她也欺騙自己，認為他真的需要多點時間。可是要來的始終會來，某個下午，他終於下了決定：「我會付錢讓你墮胎的。」

那刻，海倫並不憤怒也不傷心，她嚇得腳都軟了，連忙點頭說好：「是不是我去墮胎，我們就能變回以前那樣？」他猶豫了好久都沒有回答，海倫更急了：「答我！求求你……求你不要……」

「回不去了。」

「為什麼……為什麼會變成這樣……」他見海倫哭得梨花帶雨，大概還是有點內疚了，伸手想安慰她，海倫卻條件反射地甩開那隻偽善的手。

「我不會墮胎的！絕對不會！」烙下這句話後，海倫就走了。他沒有追上來，只是靜靜地站在原地，看著海倫遠去。我聽得心痛，一方已經不愛了，另一方卻為了挽留，即使徒勞無功仍然努力，根本就是一場徹頭徹尾的悲劇，故事的盡頭早就沒有幸福的可能性了。

海倫嘴上說得堅定，可是回家後老毛病又發作，冷靜下來後就胡思亂想，自己的反應會不會太激動？剛才的語氣會不會太重了？他有沒有傳訊息給我？海倫又再次把終端機戴上，然而又是一個沒有訊息的晚上。作為孕婦，長期睡眠不足已經壓垮了她的身體，使她比常人更容易嘔吐，還開始食慾不振，肚子常常發痛，就像寶寶在抗議著想多吸收點營養一樣。海倫全心全意愛著他，甚至容許他不做好安全措施就交歡，因為她的愛深切到願意承擔懷孕風險的地步。怎能想到對方原來是個爽完就算的賤男？

人是犯賤的，總會銘記自己的傷痛，遺忘自己的幸福。所以遇上好男人總是轉眼就忘，壞男人卻刻骨銘心，留在心裡一生一世。當時的海倫失去所有理智，愈等愈怕，終於忍不住傳訊息打電話給他，得來的卻是已讀不回和留言信箱的提示錄音。這下讓海倫徹底崩潰，她不想這樣，她只想回到以前開開心心地交往的日子。她不想分手，她不想再冷戰了。

過了兩星期，她去到他的家樓下，就這麼站了好幾個小時等他回家或是出門，期間她不停打電話，卻全都被接到留言信箱去。海倫只能乖乖地等，直到他真的出門，二人碰見了。海倫抱著發痛的肚子趕過去，搶在他要迴避前，來到他的面前。

海倫強擠出笑容：「對不起呢……我之前的語氣太重了……我不應該這麼激動的，所以……原諒我好嗎？」他聽著，沒有回應，沒有看她。海倫更急了，卻要使勁把在崩潰邊緣的情緒壓下來，手指用力地抓著腹部前的裙子。她在心裡安慰自己：「不要緊的，能回到以前，能再次開心地交往的，他只是未知道我為他做了什麼而已。」

「你……有看到我哪裡不同了嗎？」

「沒有。」因為他根本沒看過海倫一眼。海倫強忍淚水，心中安撫自己般默念著：「不要緊，不要緊，一切都會好的。」她雙手扶著他的頭，使他面對自己：「你看看我啊……」他的視線終於落在海倫身上。

「我呢……聽你話，去墮胎。」所以……所以……我們回到以前那樣……好不好？別再用這種眼神看我，我不是已經照你的說話做了嗎？所有傷害都由我承受了，我為了讓你舒服才讓你不戴安全套，我已經順你的意去墮胎了，故意現在才告訴你給你一個驚喜的。這不是你想要的嗎？為什麼我已經墮胎了，你還是這種表情？為什麼連正眼都不看我？為什麼不笑一笑？我什麼都為你做了，看在我這麼努力的份上，可以重新愛上我嗎？

「嗯，我會把錢轉到你的戶口。」不，不要跟我說錢，我不是要錢，我只想要一個擁抱罷了！我很痛啊，現在肚子還在痛，墮胎棒插入身體時的噪音還猶在耳邊，手術牀的冰冷觸感在我的皮膚徘徊不散，你已經不在我身邊了，我已經一個人撐過去了，一切都是為了讓你滿意！破壞我們感情的小寶寶已經不在了，為什麼我們的關係沒法回到以前？

「對不起，我不愛你了。就這樣吧，我們分手吧。」他想清楚了，從海倫告訴他懷孕「喜訊」的那一刻，其實已經有了答案。他轉身要離開，海倫慌了，抓住他的手：「不！不要！」她顧不得周圍有多少路人，直接就在街上重重跪下來，膝蓋撞在粗糙的水泥地上立即破皮流血。

「求求你！我求求你了！不要跟我分手！我會死的！我不能沒有你！」

「你不要這樣。先起來。」

「求求你不要這樣對我！我什麼都給你了，對不起！我知道這段日子我的態度差！那是因為有了寶寶才會情緒失控的，是荷爾蒙的影響，我真的不想這麼兇，我真的不想常常在你面前大吵大鬧的！可是我控制不了，我真的控制不了自己的情緒！但現在沒事了，寶寶已經不在了，我會變回以前那樣的！我會沒事的！所以啊……不要分手，不要離開我！我不要！求求你……」他見路人都開始往這邊看，感到一陣尷尬，想要扶起海倫：「你先起來吧。」

「不要！你先答應我不會分手！不然我就一直跪在這裡！」

「我做不到……」

「為什麼！為什麼你做不到！要你下個決定有這麼難嗎？先前問你結不結婚你說下不了決定，現在叫你答應我不要分手你也做不到嗎？我知道之前我逼得你太緊，讓你喘不過氣來。可是寶寶每天都在長大，我真的沒時間等太久才會要你快點下決定的！為什麼你就不體諒一下我？可是不要緊，現在已經不用再下決定，孩子已經沒有了啊，我不會再逼問你結不結婚，問題已經解決。所以我們不用分手的，對吧？對嗎？我們不用分手的啊……嗚……」

「你根本不懂問題在哪裡！問題是我不愛你了！」他怒了，用力把海倫的手甩開，海倫的肚子在發痛，可卻遠遠比不上入骨的心痛。

「從你告訴我懷上孩子開始我就知道自己沒想像中愛你！不然我早就答應結婚了！你懂不懂？不是孩子的問題，是我不想跟你結婚！是我不愛你的問題！」海倫錯愕地看著眼前的男人，他的樣子很猙獰、很陌生。短短兩句話就把海倫所有自欺欺人的想法在一瞬間確確實實地終結，對方直接刺破了謊言的泡泡，使海倫終於暴露在真相之中。其實她自己也早就有所察覺，不過是不想承認罷了。

「你要跪就跪吧，我已經決定了，就這樣。」他轉身離去，頭也不回。那刻，海倫整個人呆了，彷彿靈魂離開了身體，彷彿自己的世界已土崩瓦解。路人們好奇地看著二人，看見被撇下的海倫，也沒有人來問問發生什麼事。但那男人走後不久，人們開始驚呼，議論紛紛，終於有幾個路人走過來。

「小姐……小姐？要幫你叫救護車嗎？」一個女人擔憂地問道。海倫的雙眼失去了神采，所有的快樂和人生中曾經的美好都被他離去的背影扯走了，愈來愈遠，直到沒入虛無。

「救……護車？」海倫看看自己的胯下，原來自己正不停滲著血也毫不自覺。結果那個女人沒等海倫回應就叫了救護車，在救護車抵達前一直照顧海倫。失去愛人的她在陌生人的溫柔下完全崩潰，不停哭著把自己幾個月來的委屈爆發出來，聽得那女人和幾個圍觀的人都不禁眼紅。最後海倫被送到醫院去，那天她剛完成手術不夠一天，在休息不足的狀態下去他家樓下站了幾個小時，加上聲嘶力竭的哭喊令子宮內的傷口因用力過度而撕裂。可相比起來，心靈的撕裂還痛上一百倍，宛如這輩子都不會再癒合，只會一直、一直痛下去。

「醫生……心很痛……有沒有什麼止痛藥可以吃？」子宮的痛，注射一點嗎啡就能紓緩，可是止痛藥卻對心靈的痛完全無效。實在太痛了，海倫只好重播在終端機內的記憶，那些跟他幸福地吃飯、看電影、遠足、到海灘去的笑聲，如夢似幻。

「寶貝，我愛你喔。」

「傻瓜，我也愛你。」

「有多愛？」

「十分的話有十二分左右吧。」

「愛多久？」

「一生一世。」

「真的嗎？」

「真的。」騙人的。

明明伸手就能觸及，可一切卻已是遙遙舊日，她只能當個落淚的觀眾。

「明年你還愛我嗎？」

「傻瓜，當然還愛啊。明明年，明明明年也愛，一直愛下去。」可是今年，你已不愛我了。電影內的主角是以前的他和她，明明是她自己，可現在快樂和幸福已與她無關。真羨慕電影中的女主角啊……這種沉醉在過去的自我麻醉方法，在短期內是有效的，但就像身體會適應麻醉劑的分量一樣，心靈也有同樣的機制。一次又一次重看過去的影像，麻醉效果也會日漸遞減。當藥效結束，取而代之的是更強烈的痛苦。更痛苦的是，這次再沒有其他特效的心靈麻醉藥了，只能硬生生承受所有的悲傷。

為什麼我沒法做回女主角？快樂的過去變成對現在的嘲諷，每次重看就是再提醒海倫一次：「已經回不去了。」久而久之，麻醉藥已完全失效了，她子宮的傷口已經癒合，可心還是在痛。她有試過重新找他，可結果都是一樣，手機電郵等等的聯絡方式都被封鎖了。一次又一次被拒絕，海倫的腦袋也再三重播分手那天，他說不愛自己的猙獰臉孔。一切真的要完了，任憑她多麼不捨多麼不願意，要結束就是要結束。

她開始去喝酒、抽煙、吸毒、到酒吧去跟男人亂搞，希望藉著肉體上的快感掩蓋內心的痛苦。可快感終究不是快樂，快樂是由心而發，她的心卻只剩下一個虛無的空洞。她放縱自己去玩樂，過了一段近乎瘋狂的時間，早上起牀甚至不記得身旁的男人叫什麼名字。然而酒精、尼古丁和性高潮過後，剩下的還是無盡的空虛。

大腦分泌的多巴胺終究只是生理上的刺激，透過刺激而產生的快感不會長久，可當時的海倫根本沒有其他辦法。若是哪天不去狂歡，自己就會由起牀哭到夜晚，再哭到天明，哭得眼睛和喉嚨都紅腫發痛。海倫去照鏡子，反映出來的自己還是老樣子，雙目無神如死魚的眼珠，彷彿看著遙遠的過去，目空眼前的一切。她不禁摸向眼角，到底何時，又要怎麼做，這雙眼才能重新回復神采呢？

在超科技世代，伊甸終端機會嚴格檢查和控制人體內的酒精及尼古丁含量，也會檢測是否含有任何毒品的化學成分。對於酒精和尼古丁，只要不過量，終端機就不會干預，可是驗到毒品成分就會直接連上伊甸園的雲端處理器，找來警察把吸毒者拘捕。也因為這個原因，海倫在決定放任自己後就沒再佩戴過終端機，而且她也不想再重播快樂的回憶了，除了徒增痛苦和浪費時間外一無是處，麻醉效果也不及把自己沉浸在毒海中。

然而即使沒再佩戴終端機，機體內還是記錄了她以前的數據，除了快樂也包括痛苦，分手那天的紀錄直到之後開始抽煙喝酒等等的數據。加上連續多日沒有佩戴及啟動機器，伊甸園自動把她的個人資料歸類為「高危」等級，優先進行重點分析。終端機把數據送到精神健康數據中心，很快就有心理治療師主動上門來找海倫，並提供為期六個月的療程。

被歸類為「高危」類別的個體會在法例的規管下接受強制的心理輔導，這是伊甸園公司推出終端機技術後第五年發生的事。二零九七年，聯合國通過了這項強制接受生理及心理治療的《路加福音五一二至一三》法案。名字取於《聖經》其中一節講及耶穌替痲瘋病人治病的故事，該時代的痲瘋病是傳染病更是絕症，無人能醫更無人願意接近這些患者，除了主耶穌。法案實施後，被診斷出患有早期慢性疾病如癌症的患者能及早得到治療，致命病症的痊癒率大幅上升；心理治療則應對抑鬱症、躁狂症等精神疾病，也使全球人類的自殺率和傷害他人的案件數目急劇下降。社會治安達到前所未有的高分數，犯罪這個詞語彷彿已經跟人們的日常生活再無關係。

患絕症和心理疾病的人，也正如《路加福音》中的痲瘋病人，只要及早發現就能使病人的存活率大大提升。而心理疾病過於嚴重的人，由於不被理解，外人也難以從旁協助，加上負能量有極強的傳染力，久而久之這些病人就會被朋友甚至親人疏遠。海倫的例子正印證了這個情況，她與二千年前那些痲瘋病人其實也沒兩樣，即使不是身上長出膿瘡，也一樣無人願意接近她。

這些難以醫治的、被社會冷待的心理病患者，統統由伊甸園公司出手拯救。這所廿一世紀末的科技巨企，已是愈來愈接近上帝的存在。然而那終究是接近，相似三角形永遠不是全等三角形。海倫雖然完成了心理治療，但實際上卻一而再，再而三地試圖自殺。只要患者在治療過程中得到合格的分數，短期內就不須再接受心理輔導，只須進行例行檢查。正如終端機的分析一樣，海倫的自殺機率非常高，她即使得到合格的分數，也不代表她真的痊癒。

可是海倫一直都死不了，每次都是自殺不遂。那是因為雲端系統鎖定了高危族群，下令讓幾乎無處不在的街邊監控鏡頭、智能行車記錄儀協助留意目標人物，所以每當海倫購買了危險的利器或藥物，系統就會自動傳召救護車和警察，結果海倫每次自殺也剛好能在瀕死邊緣被救回來。「當時我真的很痛恨這種無形的控制，心想為什麼連人生最後一個選擇的自由都沒有？每次自殺都得鼓起很大勇氣，也得承受很多痛苦，可我已經到了哪怕承受這些痛苦，也要從那無止境的心痛中解脫的地步，但偏偏就是不讓我死。」

於是海倫開始去找尋一些可以避開伊甸園監視的老舊街區自殺，不過即使是舊式閉路電視也有連上伊甸雲端，所以還是能追蹤到她大概的位置，只是定位的誤差導致她的朋友和母親總要費神去找她。後來朋友們都不敢再跟她有太多交集，因為每個月突然就有兩三天要花上半日時間尋人，加上背負著海倫隨時會自殺的壓力，讓朋友們也吃不消。最後海倫身邊只剩下母親蘿琳一個，朋友們都有意無意地避開她，失去他們的情感支援，海倫又再進入痛苦的循環。

「那時我覺得自己就是一個徹底的失敗者，不僅失去了愛情，連朋友都受不了我，根本已經沒有什麼活下去的意義了。我知道很對不起媽媽，可我真的沒法控制自我毀滅的念頭。不過任憑我再努力，還是躲不過天使們的眼睛。」

伊甸園公司在市中心大街上設置的附帶鏡頭的智能燈柱，被普羅大眾稱為「天使之眼」。天使之眼的設計外觀像天使展翅般，柱內鋪滿了密密麻麻的電線、高科技電路板和大量晶片，因此功能強大，不是一個純粹的監控鏡頭。推出市面時的廣告標語是：「祂們時時刻刻守護你的安全！」更準確點說，是在守護富裕都市老百姓的安全。在大數據年代，公司要賺取盈利，最看重的就是人流，而那些本來就被拋棄，位於都市邊沿的貧民區、老舊街區或是近郊城市，根本不會有強大的增長潛力，所以伊甸園也沒有投放資金於這些區域建設智慧燈柱的打算。這種規劃使普遍國家都面對首都等已發展城市人口過度密集的問題，情況就像廿一世紀初的日本。

不過那些邊沿區域的廉價勞工很多，被伊甸園放棄的地區則成為了賽博格公司的重點發展區。他們把舊型號的機械人以低廉的價格賣給農夫及工人等，借助機器的力量大幅增加那些區域的生產總值，活化了近郊城市及農業區域。不過賽博格公司目前的策略只是初見成效，只有幾個核心區域再次發展起來，地球上仍然有七成的城市及區域處於蕭條狀態，被稱為「無主之城」。

「曾經，我真的很痛恨這個『神』。」海倫說著，隨手指了指天空，而我們所身處的海濱長廊內，每根燈柱都是伊甸園的天使之眼。舊時代有人開玩笑道，上帝曾言及，「愛」能改變世界，其實是「AI」能改變世界。在我們的世代，伊甸園於都市內已經變成全知全能，甚至連我跟海倫現在的心跳是每分鐘幾下都一清二楚。也因為一切都在天使之眼的監視下，海倫連自殺的自由都沒有。

「可是我現在懂了，神的旨意。」海倫看向我，那雙眼睛瞬間閃過了神采：「聽完我的過去……你還覺得能跟我在一起嗎？」我沒有說話，也沒有猶豫，直接就把她抱入懷中：「辛苦你了……」聽了她的過去，我不禁有點鼻酸：「能，當然能，馬上就能答你，我們在一起吧。」海倫也忍不住了，淚水直接滑下來，手指用力抓著我的背。

她已經花了太多時間等待答案，我不會再讓這個女人等待。她的問題我都有答案，我不必要求多點考慮時間，只要她問出口，我就能馬上回答她。

「謝謝你……謝謝你……嗚……」

「乖……不要哭了。」

「對不起……太開心了……我等了好久……開心的眼淚，我等太久了……」我們互相抱緊，彷彿對方是絕對不能失去的寶物。

「我終於懂神的意思了……我懂了……」對啊，天使一次又一次守護了海倫的生命，一定是為了讓她等待真正拯救她心靈的人出現。真榮幸啊，這個人是我。

「沒死成……真的太好了……」那個晚上，我跟海倫接吻了，我們十指緊扣，這輩子我都不會放開這隻傷痕累累的手，我心中如此起誓。

我成為了海倫再次感到幸福的存在，我只想讓她從今以後的日子都能開開心心，她的過去已經承受了太多痛苦，所以我要使她的未來超級幸福，幸福得忘掉以前的悲傷。唯一的隱憂，也是我心中僅有的點點陰霾，是海倫沒有再佩戴過終端機。

如同當年海倫與他有條不可跨過的界線，我也很清楚這是我不可觸碰的禁忌。終端機內有著她與他的過去，快樂和悲傷的回憶都儲存在當中的小晶片之內。說是一點點陰霾，因為也不全是壞消息，至少她沒再把它戴起來回放舊日的片段。不過，海倫也沒有把終端機內的記憶體清空。

也許，她仍然未有勇氣再次面對跟他的點點滴滴。她害怕自己重戴終端機後就得面對應否刪除過去記憶的兩難抉擇，要是她下不了手按刪除鍵，不就正說明自己現在仍然未能放下他的一切嗎？即便是重新歡笑，再次感到幸福也好，當要斬斷過去的束縛時還是狠不下心，這……不就間接證明了，其實現在的我依然比不上舊日的他嗎？

要是答案有可能摧毀現在的幸福的話，最佳的處理方式就是不要問問題。海倫不打算逼自己走進二選一的困境之中，而我也不打算追求一個確實的答案。可是這個小小陰影，在海倫死後卻在我的內心膨脹成巨大的異獸，而且我永遠不會知道真正的答案，所以只能任由異獸挑動我內心的驚濤駭浪。

我堅信海倫是不會自殺的，因為她已經從那場悲劇中逃出來了，我拉著她的手遠離了昔日的惡夢，她已經活在幸福快樂之中，沒有自殺的理由。應該……是這樣才對。可是那個未知的答案卻像是在我鼻孔前撩動的羽毛，使我無法漠視另一個可能性：

海倫其實沒有我所想那麼快樂，所以她根本不敢拿現在跟過去比較，也自然不敢再次佩戴終端機面對那道選擇題，因為她早就知道答案是什麼。如果我接受海倫是自殺，我則必須承認自己一直都自以為是，我不曾拯救過海倫。那麼她的笑容、回復神采的雙眼、緊緊牽著我的手、依偎在我肩膀的臉、安心熟睡的模樣……就統統都是騙人的了。明明身邊所有的證據都指向海倫的心靈已經痊癒了，為什麼最後的結果卻截然不同？

「感覺我近來笑得愈來愈多了。」

「你快過來看看我的眼睛！」

「你的手真大啊，又暖暖的，讓我很安心。」

「就喜歡這樣靠著你。」

「以前我總是半夜就會做惡夢醒來，然後就哭。現在啊……終於沒事了。」

所有她跟我說的話，都是騙人的嗎？都是為了哄我開心而說出口的違心話嗎？甜言蜜語的背後盡是殘酷的現實嗎？我並不因為海倫騙我而痛心，我是因為自己未能真正把她從痛苦的深淵中救回來而感到忿恨，我是因為自己未能察覺到她真正的心意而懊悔。

「本席宣判，根據警方、伊甸園公司雲端數據、法醫及心理治療師所提供的驗屍報告、心理報告及證供，裁定本案死者海倫·布朗死於自殺。」

唯一能確定的答案，是在社會層面上，官方就在剛剛那一刻裁定了我的一生最愛，愛德華·布朗的妻子海倫·布朗死於自殺。

「哥哥，結果怎麼樣？」妹妹在我與蘿琳一起離開法庭後不久就致電過來，她跟我一樣很在意這次死因裁定的結果，只是因為要照顧孩子而沒法親身出席。

「裁定是自殺……」

「……可是海倫真的會嗎？」始終是我妹妹，她也是個聰明的女人。我心中所想的她也很清楚，如果海倫真的是自殺，就代表我一直以來的努力從根本地被否定了。「我不知道。」我扶著上年紀的蘿琳到停車場，她神色落寞、萬念俱灰地走著，彷彿世界上的一切都與她無關。「先不說了，我得照顧蘿琳。」

正要掛線，妹妹搶先問了一句：「哥！那……你有什麼打算？」我咬緊牙關，深呼吸一口氣：「還能有什麼打算？既然對答案有懷疑，唯有做回我的老本行，把真相查出來。」

「要是……現在的答案就是真的，那又如何？」那一刻，我的內心感到一陣莫名其妙的強烈恐懼。我沒法接受現在的答案，而嘗試去找出其他可能性，但如果海倫真的是自殺呢？要是我查出的真相的確不站在我這邊，我能接受嗎？

我愕在原地，拿著電話的手不自覺地施力，遲遲未能想到如何回應。面對可能無法接受的答案，海倫選擇不去觸碰那個兩難的問題，但我無法忍受就此抹殺另一個可能性。因為心理治療師也好、警方或死因裁判官也罷，他們統統都是看表面證據的外人，而我則是天天跟海倫生活在一起的枕邊人，她的笑容並不是謊言，我如此深信著。死因庭縱是鐵證如山，還是沒法說服我。也許我不過是不肯面對現實，但不親身調查一次，我實在沒法就此死心。

「那只能承認，海倫最愛的人不是我。」

「哥，振作。」

「知道，先掛了。」我掛斷線後，便為蘿琳開門：「小心。」蘿琳看著伽瑪型特斯拉，車內自動放下讓老人家便於上車的小斜坡，她卻遲遲未上車。

「愛德華啊。」蘿琳靜靜說著，看向我，滿是皺紋的手伸過來，用盡全力抓緊我：「海倫不會自殺的。」她彷彿現在才聽到死因庭的判決一般，一路走來的冷靜原來只是受了太大打擊導致一時反應不過來。蘿琳的淚水擅自掙脫眼眶的束縛，在她臉上的深坑之間不順暢地滑落：「我的女兒不會自殺……你也應該很清楚啊？為什麼他們會說海倫自殺？為什麼？」

「因為他們收集的證據指向這個結論……」

「他們不懂，海倫認識你之後已經完全不一樣了。只是她沒有佩戴終端機，沒有記錄跟你在一起的日子而已。她真開心還是假開心，我這個當母親的難道看不出來嗎？她跟你在一起了，所以她不會自殺的啊……」我的天，淚水完全失控了，蘿琳見狀也給我一個擁抱，撫著我的背。雖然我目前還未查出真相，但至少這個世上有一個人，承認我拯救了她的女兒。

「愛德華啊，拜託你查出真相吧。你不是說過你以前曾經推翻過警察的案子嗎？官方的證據一定有哪裡出錯了才會得出這個結果啊，你要把錯誤的地方找出來，還海倫一個清白啊。」我用力吸吸鼻水，猛地點頭。

對，我不應該懷疑的，我才是最了解海倫的人，我才是一直跟她生活在一起的人。我並不是從證據和紀錄去認識她的，而是從生活的點滴中了解她，這世界上所有人都可以相信海倫死於自殺，只有我不應該相信。我要有像蘿琳一樣堅定的信念，必定是哪裡出錯了，警方也好伊甸園公司的儲備數據也好，都只記錄了「有自殺傾向」的海倫，但那並不是我認識的海倫。

「我會調查的，現在讓我先送你回家吧。」我助蘿琳上車，伽瑪自動關上門，我們坐在後座，自動駕駛系統啟動後，便往蘿琳的家駛去。

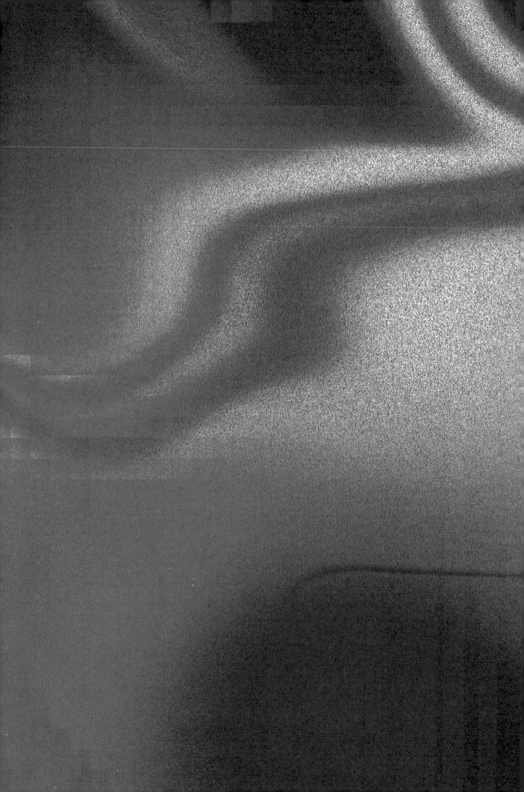

〈第三章〉

〈里昂〉

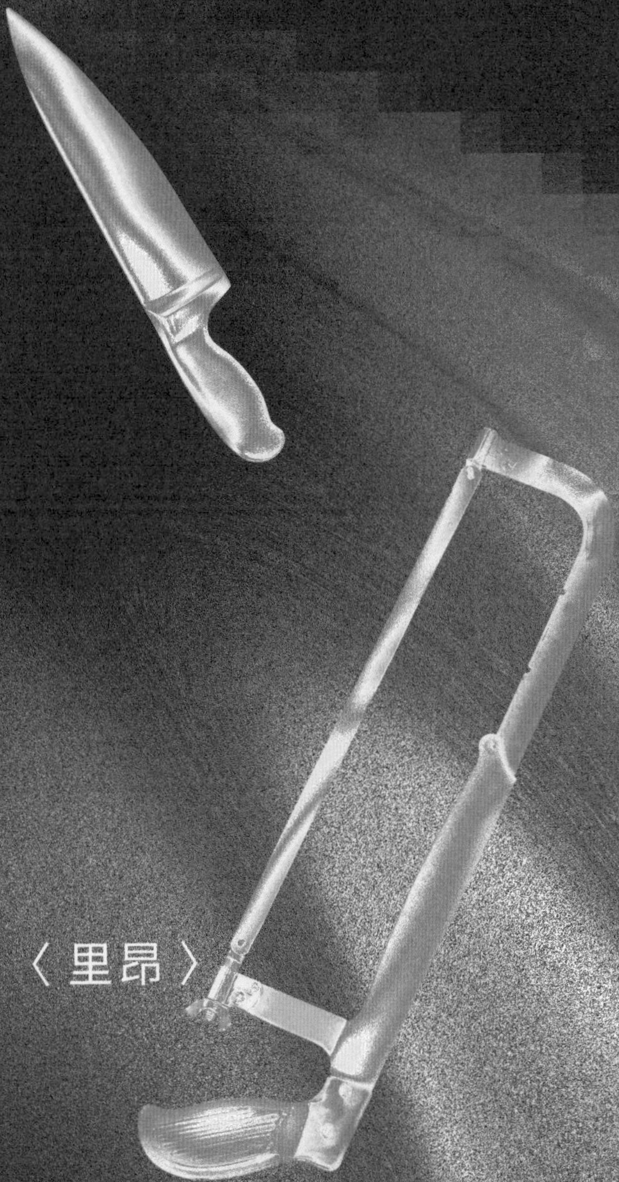

滑過我臉頰的淚水已經乾涸成淚痕，我的眼皮也愈來愈沉重，感覺自己迷迷糊糊的。因被戴上口塞而合不上的嘴巴不停流下口水，上下顎的肌肉也很痠軟。不知過了多久，門把再度被扭轉，我的神經又被挑動。但這次我有點興奮，因為開門的人可能是愛麗絲，我心中有半點期望，門打開後又是她進來給水我喝之類的。

「喲。」男人的聲音。

狗屎！

只見頭戴全罩式滑雪面罩的男人緩緩步入房中，把門關上。我的天啊，這下我總算親身體會到那些女生面對強暴犯時的不安與恐懼了。要是我還有命離開，一定要把這種感受寫在小說裡。

「嗚！嗚！」我的嘴被口塞堵著沒法大叫，只能發出求饒的呻吟。名為里昂的男人臉上是黑色的面罩，連眼睛的部分也被防風眼鏡擋著，耳朵沒有佩戴終端機。他身穿藍白色的廉價襯衫配上運動短褲，從露出的皮膚看得出他是個白人。鞋子也是便宜貨，被防水塑料套包著。他雙手捧著一個大大的黑色運動用品袋，從袋子被內容物撐大的輪廓可以推測裡面放了很多三尖八角的東西。嗯，是行刑工具吧？啪鏘！用品袋重重撞在地上，我也嚇得閉上了嘴。現在我的牙齒已經抖得格格作響，全身的汗腺在狂噴冷汗了。不要不要不要不要！你別不作聲啊，多少說說話啊！你再不說話我就要尿褲子了！

「嗚唔！唔……嗚！」

里昂彎下身子去打開運動袋，掏出一把又一把的開山刀、大大小小的線鋸、螺絲批、錘子等等的工業用具。他輕哼著不知名的古典音樂，優雅地把行刑工具逐一排列，像個指揮小學生排隊的老師般：「嘿嘿，你想我用什麼工具行刑呢？」我不想被行刑！

「原來這樣不太好玩啊，你沒法對答的話，我不就跟宰一頭豬沒分別了嗎？」里昂取出手術用的白色橡膠手套，啪啪兩聲，佩戴完畢。然後他就慢慢走過來，把我的口塞脫下。

「請……請等一下，你叫里昂吧？求求你不要亂來……我從愛麗絲那裡知道一點關於你們的事了。你們想報仇，要我血債血償對不對？因為我間接害你的妹妹自殺了吧？我們來聊聊好不好？」

「聊？有什麼好聊的？她因為你而死，你該不會以為跟我多聊兩句就能推翻這個事實吧？還是覺得多聊聊我就會放你一馬？不可能的。」

唾液滑下喉嚨。

「不！我不會否認是我導致這個結果的，我也不會自以為能讓你打消報復我的念頭，畢竟你們都走到這一步了，為了實行計劃，之前都做了不少準備吧？而且從綁架我開始就冒著極大的風險，不惜做到這個份上的話，現在應該是不可能被我說服了。」我的大腦瘋狂運轉著，什麼都好了，總之先隨便說一大堆話，說不定亂槍打鳥打到某個部分能挑起他的興趣。只要他願意和我說話，我就有機會受少一點苦。

「很好，既然你都知道了，還想要聊什麼呢？」

「我想更了解整件事，至少……至少也讓我知道自己害死了誰吧？不然我死後都不知跟誰道歉才好。」

里昂冷笑一聲：「哼，你死後也不會見到她，因為你這種人渣得下地獄，我妹妹是上天堂的，你永遠沒法跟她道歉，所以別想這些有的沒的了。」里昂以手背輕觸我的手臂。呃？慢……慢著。

他的手背明明貼在我的皮膚上，我卻完全沒有他觸摸我的感覺，怎麼回事？我透過視覺判斷里昂的手碰到我了，但我的觸覺神經卻沒有反應。還有從剛才開始我的眼皮就愈來愈重，迷糊的感覺也開始強烈起來。

「很好，起效了。」

「你在說什麼？難不成……你們對我用了什麼藥嗎？什麼時候的事？」

「想不到即使麻醉藥起效了，你的腦袋都還算清晰啊。」里昂收回了手，我能看到，但感覺不到。觸覺完全消失。麻醉藥？怎麼會……

啊！

「剛才……愛麗絲……」里昂把我的內褲脫下來，我馬上叫：「你……你要幹什麼？」

「當然是行刑啊。」他脫下我的褲子後，我整個下身都赤裸了，但我沒有那種皮膚裸露在外的涼涼感覺，要是沒看到的話，也許連他拉下我的褲子我都不知道。

對了，剛才愛麗絲一來一回後把水餵給我喝，那個瓶中有點異味……是水中摻入麻醉藥了嗎？那個女人……雖然不太認同里昂他們傷人的做法，但這種奸險的暗算倒是做得挺心安理得啊！我已經快要哭出來了，搖搖頭：「求你……放過我吧……」

「不要。你這種人就是需要教訓。」他在工具袋中取出一條繩和一個眼罩，走到我面前用力把繩子拉緊。「不……不要！你不是要行刑嗎？動手吧！你動手，不要用繩子！」我有不好的預感，這繩子九成是用來勒住我的脖子的。

「你別怕，不痛的。」里昂故作溫柔的聲線，卻令我更心寒。他幫我把眼罩戴好，我的視線馬上被黑暗掩蓋，只能從眼罩的邊緣，被鼻子撐起的位置窺探一點點身體的情況。

「我求你了，我寧願你行刑，不要直接把我殺死！」我用力扭動手腳掙扎，牀架卻跟我的四肢對抗著，整張牀都搖動起來，發出吱吱的噪音，但我就是沒法脫身。淚水沾濕了眼罩。頭部的角度往上一拉，雖然我感覺不到，但視線的角度不同了，繩子應該已經綁在我的脖子上。

「你別緊張，繩子不是用來勒殺你的。」里昂突如其來的一句話，倒讓我冷靜了一點，連哭帶笑地鬆了一口氣。雖然接下來也得受罪，但至少目前不會死。我冷靜後才想到，如果他打算勒死我也就不必浪費力氣讓我喝麻醉藥，更不用出去買刑具了。

失去了視覺和觸覺，加上腦袋昏昏沉沉的，就像輕微喝醉的感覺，令我更加不安。全身上下的意識都在頭部凝聚，就像成了一個「缸中之腦」，猶如《攻殼機動隊》內全身機械義體化的人類。目前我身體的感應系統完全關閉，對外界的刺激毫無反應，令我不禁去想，人類的肉體其實跟機械人又有什麼分別？可現在不是我胡思亂想的時候，我必須要了解一下目前的情況。

「你……你要幹什麼？」我只能透過語言確認了。

「什麼都沒做，只是坐在牀邊罷了。」老實講，就算他現在正把我的大腿肉割下來我都不會感覺到，加上我也看不到，根本沒法確認他的說法。

「為什麼……不動刑？」

「現在動刑你什麼都感覺不到，所以先等一會兒。」這個理由的確非常充分。「待你的藥效稍退一點，有感覺了，至少能知道有什麼正在弄你的身體，再逐漸浮現痛覺，這才過癮。這才是你應得的懲罰啊，什麼都感覺不到時行刑不就便宜你了嗎？」

死定了……我打定輸數，面對一個對我懷有強烈恨意的變態，鐵定是逃不過被行刑的命運了，不管我說什麼都沒法改變這個結果。如果他只是想要殺掉我倒還好，但他的恨意超越了單純要我死的程度，而是要我求生不得求死不能，這種人是最無法溝通、最可怕的。

我已經怕得在心裡不停唸經祈求滿天神佛的保佑，房間陷入一片沉默。我長這麼大都很少受肉體上的苦，就算有都是自己弄傷的，想不到這次竟然得像頭豬般被人割肉了。我很怕被里昂動刑，也很怕日後變成殘廢，可我有什麼方法能避過這一劫呢？四肢被奪去行動力，視線被遮蓋，還被灌了麻醉藥，連唯一自豪的腦袋都變得不靈光了，真是萬事休矣。

「怎麼不作聲了？不像你啊，你不是很能說的嗎？光是一張嘴就使我的妹妹愛上你，現在不嘗試說服一下我放過你嗎？」里昂的聲音像極了愛惡作劇的小孩子，而且還是確定弱者無法反抗後，那種勝利者居高臨下的語氣。

「我覺得不行啊……你對我的恨意應該到了完全沒有任何方法排解的程度，只有對我動刑才能泄你心頭之恨。」我的淚水從眼罩下流出，心臟跳得像要頂到喉頭處，這種等待動刑的時間往往才是最可怕的精神折磨。

「所以你真的甘心就這樣被我動刑了？」

我猶豫了半晌，內心的鬱結終於膨脹到難以控制。「嗚……嗚……不……不甘心！不甘心啊！怎麼可能甘心！我連你妹妹是誰都不知道！我不會說是你認錯人，你們花了這麼多心思冒這麼大風險綁架我，一定不可能是點錯相的，可是我不覺得自己做過有負你妹妹的事！她要自殺根本與我無關啊！」我受不了，控制不住自己，一下子就被委屈和恐懼逼得大爆發了，即使這麼說會惹怒里昂也無所謂，反正他怒不怒，我的下場都一樣。

「哼，真敢說啊，她的死會跟你無關嗎？你是傷透她心的賤男，要不是你的所作所為，我妹妹就能一直開開心心地活下去。全都是因為你啊！」里昂把我的眼罩大力拉起，然後一放手，啪的一聲，眼罩就重重地打在我眼眶附近。

「那是她對我的誤會！我在交往的時候一向都很專一，我不會出軌！你信不信都好，這全是真話！」

「呵？你這種過街老鼠早就在網絡上人人喊打了，這些年來有多少個女生出來指證你的惡行？少說都十幾人了吧？你就是那種自欺欺人到自己也相信了謊言的狗雜種。」

說完，我聽到「啪！」的一聲，不知里昂在幹什麼，但那是皮肉被拍擊的聲音……

難道……他在打我？

「你們每個人都只會從網絡上認識我，真正的我是什麼人你了解嗎？不，你不可能了解的，你只不過從網上的你一言我一語，和你妹妹口中認識我！我們一見面你就要殺我對我行刑，我不明白你為什麼就不能好好跟我溝通？我本人就在你面前啊！既然如此就更應該直接了解我，別再被你之前對我的偏見影響！從網上和別人口中認識一個人，能有多可靠？」我懷著絕望的心情，不奢望能跟里昂溝通，也不是為了求饒，純粹因為被誤會感到不爽，有些事情就是不吐不快，所以必須要澄清。

「也就是說所有人都在抹黑你？如此不就證明你真的是個徹底的人渣嗎？」

「所以這個世界不用講證據了嗎？只要網上夠多人說他是殺人兇手，就證明他是真兇嗎？跟我交往過的女生不下百人，如果只要那個說法夠多人和應就成了事實的話，為什麼你不看看那些沒在網上對我表示不滿的女人如何看待我？對啊，你看不到吧？在網絡世界只能看到別人說出口的言論，可是一個真實的人那些難以明言、無法解釋的感覺，你自然是不知道的。所以你並不了解我，你對我的認知不過是網絡上的口誅筆伐和你妹妹的指控結合起來的拼圖。以這張不完整的拼圖為理由對我動刑，我冤不冤枉啊？」我一口氣把自己的不滿爆發出來，他要動手就動手吧，反正說什麼都沒法讓他打消念頭，我才不要再顧忌什麼。

「有趣啊，想不到你這頭快要被宰的豬還敢那麼神氣。」我冷哼一聲：「我想清楚了，反正我怎麼求饒都沒用。如果我逃不過被你用刑的必然結果，我也不必為了討好你說你想聽的，我就是要說真話。」

一陣沉默後，里昂發出「嗯哼」的聲音，想不到我不顧一切的發泄竟然有點奏效，也許他感到我那彷彿酒後吐真言的感覺吧？加上里昂還要等我的麻醉藥效稍退，所以算是進入了跟我對話的階段。

「你要怎麼回應那十幾個女生在網上對你的指控？」真是意想不到的效果。

「大概是對我的報復吧？如果你跟一百個女生交往過，總有人沒法真正理解你的內心。」很少有人能跟這麼多女生交往，所以難以理解這個問題。注意，我並不是純粹跟她們發生關係，上完牀就閃人的，而是實實在在跟她們相處過，互相確認是男女朋友關係。這二十年來平均跟每個女生交往一個多月吧，但實際上有些只交往了半個月或是一個星期就合不來要分開，所以有些在一起的時間比較長，但最長也不過兩年。

「這些人裡，一成的人跟我合不來，很快就分手，自然對我了解不深。而且她們在認識我之前已經多少受網上言論影響而抱有偏見了。即使相處過，分手後的憤怒也會讓她們選擇相信網上的言論，認為我就是個性濫交的賤男吧？這也難怪，我們相處的時間實在太短了。」感覺思路有點清晰起來，剛才就像一直在迷霧中駕駛，雖然多少能看到前路，卻必須把車子慢下來。現在麻醉藥效已稍有減退，前路的迷霧散開了一點點，能看得更遠了。

啪！耳邊傳來的聲音打斷我的思路，里昂又試探式地打了我身體不知哪個部位一下。當然這只是我猜的，因為我看不到也感覺不到，但相比推測他自己在拍手掌之類的，我更偏向相信他在打我，以觀察我的肌肉何時出現輕微反應，判斷我是否有感覺。只要一確認我回復些許知覺，之後就是用刑時間了……

我得盡量控制自己不要有反應，情況就像要在鬼屋中提防不知從哪裡跳出來的鬼怪，裝作不被嚇到一樣。哪怕真的很難也得試試，盡力拖延時間。希望他不會那麼快發現我開始回復觸覺，或許我真的能在此之前說服他，讓他重新考慮不要傷害我。

「真好笑，如果你不是性濫交的混蛋，為什麼會跟上百個女生交往？承認吧，你不過是玩弄感情的玩家。」

「才不是！」說我玩弄女朋友的感情實在挑動了我的憤怒神經：「你說什麼都可以，但我是認真希望跟她們發展下去的！可是啊！要找到和自己靈魂契合的伴侶實在太難了！」我曾遇到過一個，就是蒂花，可惜失去她後就再也找不到下一個。

「靈魂契合的伴侶？倒是說得很動聽啊。」

「你信不信都好，這才是我不停換女朋友的原因！我被最愛的女人甩了後就一直在找尋一個跟她一樣，和我幾乎百分百合得來的終身伴侶。所以啊，我對每一段感情都是認真的，才沒有抱著玩弄別人感情的想法去開展任何關係！」

「也就是說，你一開始也想跟我的妹妹發展成終身伴侶？但最後僅僅是因為和她合不來就分手了嗎？」問題終於開始靠向核心了。

「我都不知道她是誰！」

「你不是跟愛麗絲說，跟她性格不合嗎？即使不知道她是誰，結果還是用這個理由分手了。」果然她把我的事都跟里昂報告了。

「我只是籠統一點說分手原因，很多時都是單純性格不合就不再交往了，要是我知道她的確實身份我自然知道真正的分手理由啊。」

「你真是死不悔改。」

「你別再說莫名其妙的話了！」

「哼，算了，爭論那些也沒意義，你這種人就是不見棺材不流眼淚的。知道我和哈利為什麼要蒙面，用上假名嗎？」這樣看來哈利就是那位老人家，里昂的父親。

「因為我看到你們的樣子就會知道她是誰。你們不想被我認出，但這樣我也沒法回想起自己到底做了什麼事，傷害得你妹妹那麼深了。不過我還是得說，無論如何我都不是故意的。」

里昂冷笑一聲：「你真是不知廉恥。讓你記起自己對一個女孩的傷害真的有那麼難嗎？」雖然接下來的說話非常難聽，卻是事實：「我不就跟你說了我有上百個女朋友嗎？你只有一個妹妹，可我要記起這二十年來百多個女友的其中一個，你說難不難？而且我現在是沒有終端機輔助，完全憑自己的記憶力去回想的啊！這就證明了我是認真對待每一位的，跟她們有關的記憶我都靠自己記下來了！所以知道你和哈利是誰，我大概就能知道真正的原因，這已經很好了！我若真的是賤男，見了你們的真面目還是不會記起她是誰！」

「呵，想不到這個世代還有人能在沒有終端機的情況下回想起年代久遠的事情啊。」

我出生的時候還未進入超科技世代，那個世代不少人都是靠大腦記憶，加上蒂花的事使我習慣了不停回想過去，所以我的記憶力向來比人強。

啪！又被打了。這次大腿有一點點極輕微，如被羽毛掃過的感覺。

「別以為這樣能讓我脫下面罩。我根本不在乎你的解釋，我要的只是讓你受教訓罷了。在我看來，你是不可能不知道我妹妹是誰的。」

「對啊，不然你們就不會蒙面了，但你也得原諒我記不起來。我已經知道她有哥哥，還是猜不到你們是誰，那是因為跟我交往過的女生當中，不管我有沒有親眼見過，起碼有十多個是有哥哥的。跟她們分手有的是因為性格不合，也有牀事不合和價值觀不合，不過我傾向說成比較易接受的原因。」難不成對著陌生人說因為她上牀時太被動而且性冷感所以分手嗎？這種理由就算是真的也不應該告訴外人，這才是對伴侶應有的尊重啊。

「如果牀事不合，你會怎樣處理？」來了，里昂終於忍不住問出會透露自身情報的問題。他會這樣問，表示他的妹妹跟我的分手原因九成是牀事不合。

「我會慢慢變得冷淡，讓對方感覺沒那麼強烈後才分手，這樣對她們的傷害才是最小的。」

「……就這樣嗎？」里昂有點錯愕，但語氣中含有一團無聲怒火。

「就這樣啊！不然呢？」

「可惡，到底是哪裡出問題了啊？是你自欺欺人，還是我們的價值觀差太遠？所以你不覺得那些行為是會傷透人心的嗎？」

到底在說什麼啊？

「你指……淡出一段關係這種技巧嗎？」

「真正的問題連說都沒說，不，我猜你連想都不曾想過，也就是你完全不覺得那些行為是有問題的。這樣說下去也沒意思。不過老實說，我是有點吃驚的，想不到你竟然能知道某些交往對象的家庭結構。」

「如果你和哈利怕我會認出你們而佩戴面具，我們很可能見過面吧？因為你們怕萬一我有機會逃出去或是獲救，然後重新佩戴終端機，把現在的記憶跟以往的記憶比對就能找到你們。我以前有可能跟你們深入交流過，也可能純粹是在重要場合以男朋友的身份出現而見過一面。因為只要見過一面，哪怕只有一秒，終端機都能認出來，所以你們才要隱藏自己的身份。」在這個世代，只要戴上終端機就沒有認不出來的人。

「果然你的腦袋不太正常，明明麻醉藥效還未消退，思路卻很清晰啊。對，你見過我和哈利。」接下來我要試探一下跟他們是在公眾場合還是在家庭聚會中見過面，那就能進一步收窄可能對象的範圍了。

話說回來，就算我知道真兇是誰又如何？我也許沒命離開啊……不對！不能這樣想，要是有個萬一，真的這麼幸運能讓我成功逃脫，現在的推測就不是徒勞無功。所以快想想怎樣套他的話，我得推測出里昂的妹妹到底是誰。

「是你妹妹邀請我到你們家吃飯，又或者是什麼重要場合，她帶同男朋友出席嗎？對了！你和哈利實行報復計劃，她的媽媽卻不在，有可能是她過不了自己的心理關口不跟你們一起行動，也有可能是……已經不在了？」

「哎唷，不錯喔。難怪你的情傷小說總會加入一些推理元素，之後還改變文風出版了推理小說，果然腦袋靈光。」

我搜索著腦中的記憶，我沒有任何一個女朋友的親人是死於意外的，她們的親人通常在跟我交往前已經不在，當中只有三個有哥哥的女生在跟我交往時遇上媽媽病死的情況，而且我也有陪過她們去醫院探望和參加葬禮。

瑪麗、蓮娜、安德莉亞，這三個女生我都跟她們交往了半年以上，算是半融入了她們的生活圈子。快想起來……她們的哥哥……

「我是在醫院或是葬禮上見過你們嗎？」

「不用浪費腦汁了。問出這個問題代表你的推理從根本上就錯得一塌糊塗。」從根本上錯了？也就是我跟她在一起時沒有經歷其母親的生離死別，由此推斷她的媽媽在我們交往之前已經不在人世。說到這個特徵，我腦海中又不自覺浮現對我影響最深的蒂花。雖說跟我交往的女生中有二十多個都是來自單親家庭，可最有印象的一個必定是蒂花。那些女生中有的是父母離婚，也有其中一方病死的，蒂花是後者。她的媽媽患了腦癌，在跟我交往之前已經去世了。蒂花一直因此感到內疚，覺得自己沒有盡好女兒的本分，即使跟哥哥再如何努力照顧病重的媽媽，還是覺得自己做得不夠。也許不應該上那天的課；也許自己不應該去打工，那樣就能花多點時間陪著媽媽和照顧她；也許……也許多一天的照料就能喚來奇跡。

啪！我的思緒被拍打的聲音拉回現實。里昂的妹妹不可能是蒂花，因為她才是拋棄我的人。我不曾傷害過她，是她狠狠地甩了我，深深地傷害我的靈魂。是我一次又一次因她的離開而嘗試自殺和不斷自殘，是我在每個失眠的夜晚頂著哭腫的眼睛看著天色漸明。她瀟灑地轉身離去、頭也不回，我才是遍體鱗傷的那個。所以她不可能因為我自殺，更莫說她的哥哥來找我報仇了。

啪！糟糕！我完全沒想過他會連續打我，剛才能強行控制自己不要有反應，可這次間隔太短殺了我一個措手不及，我的大腿肌肉有點點收縮，這微小的抖動全被里昂看在眼裡。

只聽到一陣滿意的輕笑，「嘿，有反應了。」里昂說完，我便聽到他去翻動地上的刑具的聲音，冰冷無情的金屬碰撞聲刺激著我緊繃的神經。

「請……請等一下！」

「等什麼？你剛剛不是很神氣的嗎？放心吧，沒事的，你的麻醉藥效還未完全消失，不會痛。」

啊！糟糕！這傢伙在對我的下體幹什麼？有什麼東西在弄，但不是舒服的感覺。鏗鏘一聲，里昂似在磨著刀：「用這個切下來有點殺雞焉用牛刀的感覺，還是用小刀，慢慢把肉割下來更好？」

「你……不要！那裡就請放過我吧！身體其他地方都可以，那裡不行，求求你！」

「你不是說想找到跟你靈魂契合的伴侶嗎？那種柏拉圖式關係，即使沒有老二也沒影響的。等一下，我先幫你固定好。」說完，我的老二傳來一陣似有若無的感覺，隨後便倏然停止，看來是固定好了。

我死命掙扎，但身體受制於麻醉藥效，任憑我的意識多猛烈地操控自己的四肢，現實中的手腳卻是反應遲鈍，掙扎亂擺的力度和幅度都極為不足。繩子和藥效造成的雙重限制，使我如同一尾被甩到岸上無力彈跳的魚。

「就算靈魂契合也要在性事上契合啊！」

「呵，那麼到底是靈魂還是性的契合更重要？」里昂明顯樂在其中。

「浪漫關係中就是兩者都重要啊！」

「不對，你嘴上說著想靈魂契合，但實際上只是個尋求性快感的賤男，所以這個不能留了。」

「不要不要不要！你讓我以後怎樣抬起頭做一個男人！只有這裡不行！你要殺就把我殺掉，身體其他地方都可以隨便你弄，但老二……老二不行！」

「吵死了！你以為自己是誰啊？還敢跟我討價還價？我告訴你，你全身上下哪裡我都不要，我就只要你的老二變成肉醬！不然就不算是懲罰了！」我的腦袋已經一片空白。里昂翻動運動袋，拿出了什麼，然後接連是包裝盒被撕開的聲音：「準備好了。」

「為什麼非要懲罰我不可！我都說了一切都是誤會！」

「不對啊，你這個人本來就是只想跟女人上牀的渣男，為什麼就不肯承認呢？」我聽到磨刀的聲音了，簡直就像死神的耳語：「你這種不肯承認自己過錯的姿態，令我很不爽啊。明明就是個有性無愛，到處留情的玩家，卻硬要說成自己是對每個女生都用情專一的情聖。」

「無論我說什麼你都未審先判就認為我有錯，但我已告訴你我沒玩弄女生的感情！我對她們每一個都是認真的！」

「真虧你還說得出這種話來。是賤男就拜託擺出賤男的樣子，這個世界沒有人會怪真小人。一早說好大家是逢場作戲、玩玩而已，有了基本的心理準備，就誰都不會受傷。可你偏偏是個嘴上說一套，身體做另一套的混蛋。我妹妹真的相信你對她的愛，最後卻發現一切都是謊言，這種落差才真正傷透她的心。」

「不論你的妹妹是誰，我都不曾騙過她！因為我從來沒有欺騙我的女朋友們！這是事實啊！」我感覺到胯下有什麼東西抵上來了，可是觸覺仍然很遲鈍，沒法感受異物的形狀和溫度。

「我受夠你的狡辯了。不是已經證據確鑿了嗎？你若真是那麼情深就不會有上百個女朋友啊。」

「多女朋友也不代表我是賤男！我只是想找到一個跟我靈魂契合的女生廝守到老罷了！可是哪有這麼容易就找得到，合不來的話我也不想浪費大家的時間，所以才會分手啊！」我的心臟不知是因恐懼還是委屈憤怒而在劇烈地跳動，淚水自眼眶兩旁不停滑下來。

「哼，別再說什麼靈魂上的契合！你不要在關鍵的地方含糊其辭啊，你才不是分手後找另一個，你是在有伴侶的情況下出軌！」

啊……原來是這麼回事啊……里昂的妹妹認為我在跟她交往的過程中變心了，所以一直說的傷害就是她覺得我出軌。

「不對！我不曾出軌！」

「閉嘴！」

嗤嗤嗤的，下半身傳來小時候常在廚房聽見的，媽媽把豬排切開的聲音。老二有被什麼東西前後撫著的感覺，里昂的手一定在前前後後地推拉著，我高聲慘叫出來：

「啊啊啊啊啊！！！不要！不要動手！不要把它切了！求求你啊！我真的沒有出軌！我跟她們交往的時候都沒有亂來啊！！！」

「事到如今……你還說謊嗎？」聽起來里昂的聲線有點錯愕。有液體滑過大腿內側的感覺……是血水嗎？不要啊……那裡現在變成什麼樣子了？放過我吧……

「我真的沒有！你沒聽過『人之將死，其言也善』嗎？都已經這個狀態了我還怎敢說謊騙你！我說的都是真話，從剛才開始就一直重複著相同的說法！我真的沒有出軌！」

里昂的動作停下來了，他似是在思考。我的視線依舊被一片黑暗籠罩，只能依靠不靈光的觸覺和聽覺推測房間內發生的事。不對，現在加上嗅覺了，血的鐵腥味傳入鼻腔，這氣味恍如開關，啟動了我的絕望模式。

我放棄掙扎和慘叫，渾身像泄氣的皮球般全沒了力氣。沒了，我再說什麼都沒用，恐怕我的老二已經千瘡百孔了吧？即使我有幸獲救，以後水乳交融、翻雲覆雨的男女之歡都再與我無緣了。我的情緒已不如剛才激動，怎樣也好，反正我的老二已經沒救：「你妹妹誤會了我啊……真冤枉啊……我這麼多讀者……分手後要找到新的女朋友根本不是難事……可換新女朋友的速度快，外面的人就以為我是在交往的時候已經出軌……為何大家都不相信我呢？明明我真的是在好好結束一段感情後才找另一個的……」

我像個失去珍貴寶物的小孩子痛哭不停，身為男人在現代竟然還會被硬生生切下生殖器，真是奇恥大辱。最慘的是我根本就不是罪有應得，一切都不過是別人對我的誤解引致的悲劇。要怪，只能怪那個女人不相信我的專一，還有她哥哥是個喪心病狂的變態。

「你真的太讓人噁心了。」我只是倒霉，僅僅是因為倒霉就得賠上作為男性的象徵，實在很不甘心。慢著……這……我的下半身感覺愈來愈強烈了？藥效正在消退……

痛！我感覺到痛了啊！四肢反應也更靈活了一點，開始能聽大腦的命令大幅度地擺動掙扎。

「啊啊啊啊啊啊啊！」

「不要亂叫啊，我還沒完全切下來，有必要喊這麼大聲嗎？」我的心情簡直就像坐過山車，又像被跳樓機拉到半空再高速掉下來，上一秒以為自己已經不是男人，下一秒卻發現自己的性器官還在，淚水都變為喜極而泣了，雖然危機還沒解除，但至少我的小兄弟還健在，還健在啊！

「唔……看著你不肯認錯，我還是很不爽。給你最後一次機會，你仍然堅持自己沒有對不起我妹妹嗎？」我倒抽一口氣，用盡畢生所有的力量大叫道：「沒！有！！！」嗤的一聲，伴隨有什麼在老二一掃而過的感覺。痛覺沒有加劇，但仍然是痛。

「你……做了什麼？」眼罩倏地被粗暴拉起，房間內的光線剎那間轟入眼球之中，瞳孔馬上收縮導致短暫失明，我條件反射地閉上眼，想轉過頭去避開光源，但頸上的繩限制了我的動作。一坨帶溫度、黏糊糊的東西被丟在我臉上，濃郁的腥味湧入鼻腔。

「試試看自己的老二被放在臉上的感覺吧。」

「啊啊啊啊啊！你這混蛋！變態！神經病！！！你對我做了什麼啊！！！」我的視線慢慢適應室內的光線，黑色的光暈漸漸消失，我終於看到在臉上的一坨粉紅色肉糊：「啊啊啊啊啊啊！！！」

「吵死了。我現在覺得很不爽啊，明明你才是錯的人，為什麼弄得我像個變態反派一樣。」你根本就是變態反派！

「即使到了現在你仍然堅持自己是對的嗎？」

「嗚……我……我沒做錯……你們怎樣誤會我都好……就算我最後跟你妹妹分開了，跟她交往時我都是一心一意愛她的……」

房間內頓時陷入一片死寂，只剩下我的哭聲和喘氣聲。一陣沉默後，里昂點點頭：

「我明白了。你的老二痛嗎？」

「痛啊！好痛！痛死了！被你切了下來怎麼可能不痛啊！你這瘋子！還我老二……

我不要這樣活下去啊……」

「現在呢？痛嗎？」

咦？怎麼回事？雖然現在胯下還有點痛感未散，但這絕對不是器官被切下來那種劇痛……是因為我的麻醉藥效還未完全消退嗎？不可能啊，藥效正逐漸減弱，我的痛覺應該只會加劇，怎會減少？

「果然在極限狀態，人就會失去基本的判斷力啊。」什麼意思？我完全陷入靈魂出竅般的錯愕狀態。

視力終於百分百回復過來。

「我哪有閒功夫把你的老二弄成這種肉糊狀態啊？」里昂說完，便一把抓住我臉上的爛肉，展示給我看：「看清楚吧，不過是搗碎的豬肉而已。」

「什……」腦袋裡每根神經都彷彿打成死結，我連正常的話語都說不出來。如果這是小說情節，大概會看得讀者一頭霧水，可我也完全沒法靠常理想出答案，現在只能等里昂把來龍去脈告訴我。里昂把勒著我脖子的繩解開，我的頭部終於能自由活動。他淡淡地說：「自己看吧。」

我馬上低下頭，把視線放在最重要的性器官上。只見上面放了一堆粉紅色、滲著血水的肉，看起來的確如里昂所說，應該是免治豬肉。在肉碎的中央，我的性器官依舊完好無缺地躺著，一點傷都沒有。

「怎麼可能？」該不會……我認為那發生的機率不到億萬分之一的事，真的發生了？里昂放過我，沒有行刑！可是我的痛覺要怎麼解釋？

我繼續觀察，牀上放了幾件刑具，有小刀和線鋸，卻只有一把小刀沾了血水，而且地上的工具依舊排列得好好的，證明里昂剛剛沒有動用所有刑具實行那些瘋狂的計劃。運動袋旁還有兩個黑色的塑膠包裝盒，上面標記著「豬肉」。原來如此，剛才行刑前的包裝撕裂聲，就是為了取出這些免治肉。痛覺呢？如果里昂沒有傷害我的老二，那剛才漸漸增加又可以隨時消退的痛覺是怎樣做到的？

「在想痛覺的事吧？很簡單啊，就是這個。」里昂把手中的異物向上一拋，再接穩，把玩一番後展示給我看。這是……衣夾？

我總算把剛才的來龍去脈理清。首先愛麗絲跟我友善地聊天降低我的戒心，同時讓我喝下混有麻醉藥的水，降低我身體的敏感度；之後里昂用眼罩掩蓋我的視線，加上繩子固定頭部的角度，確保我無法看到自己胯下的實際狀態，只能透過聽覺、嗅覺和遲鈍的觸覺認知外界；然後用衣夾夾著我的生殖器，再把免治肉碎放在上面，使痛覺在藥效退去時慢慢浮現，還有肉碎的血水滑下的感覺能使我錯以為是自己身體流出血來。也就是說，我之前的恐懼全是自己腦補出來的，里昂並沒有真的動手傷害我。

現在原理我是搞懂了，但我卻完全不懂為什麼。里昂明明對我恨之入骨，明明一次又一次明言要對我用刑，讓我求生不得求死不能。可是為什麼他沒有動手？他不動手的理由任我抓破頭都想不到啊！里昂收拾好刑具後，馬虎地把我身上的肉碎取走，為我穿回內褲。

「為……什麼？」

「我只是想知道真相罷了。你剛才不是問我有沒有聽過『人之將死，其言也善』嗎？我一直以來都不過是想製造這個逼死你的環境，想不到你在極限狀態下仍然堅持自己沒有出軌，這就和她的說法有所矛盾了。正常而言我應該信妹妹，因為你說謊才是理所當然的。可是到了這種情況，沒有誰還會說謊的，所以我也有一點動搖。」

里昂的聲音回復正常，充滿理性，一反他之前瘋狂的形象。也對啊，他就是要塑造出自己恨不得我死的瘋子形象，我才會真的相信他會傷害我。

「現在再讓你猜一次，為什麼我和哈利會戴面罩，大概能猜到原因了吧？」如果里昂和哈利從一開始就不打算殺我，而僅僅是想營造這種極限狀態逼我說真話，也即是預計了我有機會逃出去。

「你們……並不是真的想殺死我……戴了面罩，我回到外面後也沒法指證你們。」

「對啊。現在這個世代殺人實在是很麻煩的事，雖說綁架你也很麻煩，但放你走和殺死你完全是兩碼子的事。來到這個地步，殺人其實不難，最難的是怎麼處理屍體。到目前為止我和哈利都能確保自己百分之九十是安全的，可一要處理屍體就不同了，我們有五成機會被抓到。」

「不……不對啊，只要把我的屍體留在這裡不就沒機會被抓到了嗎？」在警方找不到這個密室的前提下就算把我殺死，屍體隨便放在這裡不管，他們的安全性依舊是百分之九十啊。

「吵死了，我真的很討厭腦袋靈光的人。」里昂背對我，收拾好工具後提起運動袋：「剛才不是說了？我們並不是真的想殺你，而是希望知道真相。還有啊，」他打開門，離去前略微回頭：「她直到最後都是選擇傷害自己，不是傷害你，我就是個疼妹妹疼到她愛的人我也愛的怪哥哥。」

說不通啊，就是因為她最後傷害了自己，才更應該讓我受到應得的懲罰，不是嗎？而且還有一點非常致命，這點甚至動搖了里昂所有行為的動機。

「……你相信我，不就代表否定你妹妹自殺的選擇嗎？」

「我們再看看吧，如果事實真的是那樣，也沒辦法。」咔嚓一聲，門關上了。沒法理解，花了這麼多心機，冒了這麼多風險，只是為了演一場把我逼到極限的戲，最後還相信我而沒有用刑？如果是我妹妹自殺死了，我才不會管傷害她的賤男說什麼，總之一定要殺了他。

相信我的說法，意味著里昂妹妹自殺的根本理由是不成立的。我沒出軌沒傷害她，她單純是「認為」我出軌後擅自感到悲傷，擅自去死，真是死得毫無意義啊。話說回來，里昂這種人真的能容許自己妹妹的死亡變得無意義嗎？他的角色性格轉變得太快，我還是更傾向相信他之前「裝」出來的樣子。不對，還是應說……現在才是他裝出來的樣子呢？

冷靜一點，阿祖。這當中有什麼鬼主意嗎？不對，他沒傷害我是真的，這方面可以暫時不必糾結了。我深呼吸，回想里昂之前的每一句說話。他問到我如果和女朋友的性事不合會怎麼做，也說到我認為性更重要，還有他的妹妹提到我出軌……可是我跟瑪麗、蓮娜、安德莉亞都沒有性事不合啊，所以她們三個都不是里昂的妹妹嗎？

慢著……還有一個女人，我一直沒有想起來。因為我和里昂是在討論「女朋友」，所以我的腦袋就不停回想和這個關鍵詞有關的記憶……但如果並不只是「女朋友」的話……該不會……是她吧？

〈第四章〉

〈賽博格公司〉

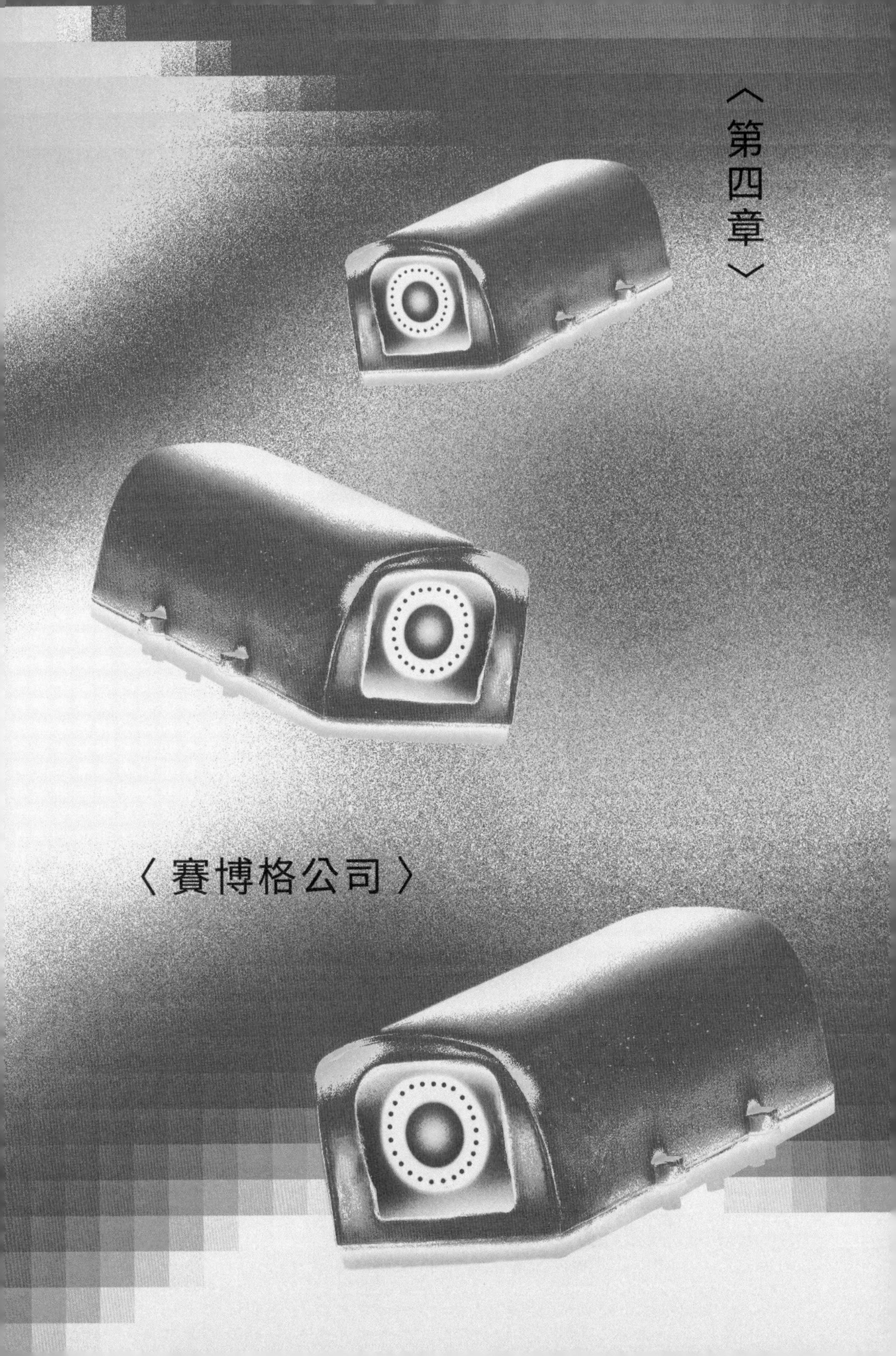

人來人往的伊甸園公司總部「巴別塔」大堂內，一個個身穿輕便衣裝的工作人員進進出出，除了接待員、清潔人員和要與客戶見面的員工須要穿純白的制服外，所有人的衣著都不受限制，甚至有男人穿著裙子來上班。

純白色的大堂外牆用了天然採光的落地玻璃，虛擬熒幕飄浮在半空播放著廣告，介紹伊甸終端機的功能。大堂正中央有客戶服務中心，枱面設計得像鋒利的刀片，拼湊在一起便構成一顆擁有十多個角的獨特星形，每個角都站著一名穿著制服，頭上梳著髻的女性接待員。

「拜託！請你們把天使之眼的備份給我！」純白色的華麗大堂響起我的聲音，吸引了不少人好奇的目光。我向客戶服務中心下跪叩頭，光滑的地板撞上額頭。兩名接待員應該沒應付過這種情況，所以有點驚慌失措。

「很抱歉，懷特先生，這一點我們真的無能為力。我們也沒有這個權限啊。」

「那麼能請你們通知一下管理天使之眼的部門嗎？我知道你們有備份主管，請告訴他，只要能安排我們見一面就夠了，我會親自告訴他我的情況。要是他知道我發生了什麼事，他也會通融一下的。求求你們了！」她們只懂不停道歉，雖然態度誠懇，但我卻不會就此作罷。這時一個禿頭的男人慢步過來，雖然他不見得特別強壯，卻能一伸手便把我整個人拉了起來。

「你幹什麼！？喂！放手！」這傢伙……是生化機械保安員。

「兩位，我需要報警嗎？」兩位服務員面面相覷，最後還是決定了：「不……請懷特先生離開就可以了。」

「明白。」生化保安員就這麼把我扣在腰間，使我如同一卷地毯般被人抬出去。「等一下！求求你們！我的妻子死得不明不白！我只要見見備份主管而已！我就只是要見見他啊！」我一邊掙扎一邊大叫。

服務員向我深深地鞠躬致歉，但我可不會這樣就原諒漠視別人求救的她們：「你們根本不打算幫我！我要投訴！你們的員工編號是什麼！我要投訴！」在我快要被保安員抬出巴別塔的大門時，一個身穿夏威夷短袖襯衣和短褲，像正要到沙灘沖浪的墨鏡男注意到我的動靜，從旁過來叫停了保安的動作：「等一下，放他下來。」

保安員聽令後把我放回地上，我邊怒視著他邊整理我的衣領。那男人向保安員揮了揮手，示意他先離開，他微微欠身後就走了。男人脫下墨鏡伸出手：「你好，我就是天使之眼的備份主管保羅，有什麼能幫上忙嗎？」我恍如看到了救星、希望的曙光，像握住救命索似的用力地把他的手握住，直直看著他海藍色的眼睛，真誠地打招呼：

「太好了，你好你好，我叫沃特。只有你能幫到我了，我想向你索取天使之眼的備份。」

保羅點點頭：「我剛才都有聽到你的要求，我見你好像很迫切想得到備份，也很可憐的樣子，所以過來看看有什麼事能幫到你。客戶服務部並不太了解我們的運作，一般來說備份是不會對外提供的，但法律不外乎人情，也有些情況可以彈性處理。我就問一句，你應該不是警察吧？」

「不……我知道通常是警察帶著搜查令過來才能拿到備份，可、可是我的妻子海倫自殺了，我認為這應該算是能彈性處理的情況。」我說道。保羅則感傷起來：「我為你感到抱歉，節哀順變。」我搖搖頭：「不！死因庭判定她自殺，因為她到了一個老舊的街區後就不明不白地死了，沒有閉路電視拍到她。我很了解海倫，她是不會自殺的。」

「也就是說，警方和死因庭已經取得了我們的片段啊，為什麼你還再來要備份呢？」

我左右看看，確認附近沒有警察的耳目，再湊到保羅耳邊壓低聲線答道：「我懷疑是有人在片段上動了手腳，目前最合理的推測是警察，他們很可能把我的妻子殺了後偽裝成自殺案的樣子。」

「……這種事有可能嗎？」保羅挑起單邊眉毛，很是懷疑。

「你有看過《越獄》嗎？上個世紀的經典電視劇。」保羅搖搖頭。我不禁在心裡嘆了口氣：「故事講述主角的哥哥被控謀殺總統的弟弟，實際上卻另有內情，所以警察和司法部門就串通起來把他定罪和判處死刑。其中就有一段劇情是翻查閉路電視時發現片段有被修改過的痕跡。雖然這麼說實在很難讓你相信，但我覺得海倫的死很可能和政府背後更大的陰謀有關，所以才希望拿到備份，跟警方的片段對比檢查，確認片段的真偽。」

他的樣子並沒有透露出絲毫被我說服的感覺。

「而且就算召開了死因庭，只要在之前偽造好證據的話，法官還是會依假證據判決。死因庭有其不足之處，而我就覺得海倫的案子正正落入了這些證據沒覆蓋到的隙縫之中。」

「也就是說，你最大的目的是檢查那些片段的真偽對吧？」

「如果可行的話，我希望拿到母片自己檢查。」

保羅認真地思考了一會兒：「抱歉請讓我多問幾句，你的職業是什麼呢？」「啊，我是一名世界史老師，請等一下。」我掏出錢包抽出名片，上面寫著：「彩虹國際學校導師：沃特・懷特」。

「我的職業會有什麼影響嗎？」我明知故問。

「如果是記者或是電子工程界別的人士我們會特別小心處理而已。」

「那麼……你能幫我嗎？」

保羅的目光雖然友善，但仍對我有戒心。一般而言在收到名片後，九成的人不會懷疑上面顯示的個人資料，保羅明顯是剩下的一成。老實說，這種偽裝身份的名片我要多少有多少，不過是偵探的入門道具而已。可是這種小道具向來有效，所以我對保羅仍有懷疑的反應倒是有點意外。

「請等一下，我先確認你的身份。」保羅又再看向虛空，終端機正在搜索有關彩虹國際學校的情報，雖然沒法在雲端上找到非常私隱的個人資料，但在這所學校的老師名單和公開的活動照片中如果找不到沃特・懷特，他便會知道我不是這個人。幸好我總是在事前做足資料蒐集，因為太喜歡《絕命毒師》的男主角，所以我特意去找真的名叫沃特・懷特的老師，面具也是照足他的臉特別訂製。我的偽造身份其來有自，絕對經得起初步的網絡檢查。當然他要是直接去那國際學校找人的話就會知道真相，但在我的職業生涯中從未見過有人做到這個份上。

「嗯，好的。我還得再問一個問題，失禮的話請你原諒。為什麼你覺得妻子不會自殺呢？」不要緊，接下來這個問題用真心話回答就好。所謂的騙人就是要真中有假假中有真才能使對方相信你。我深呼吸了一口氣，保羅見我的表情帶著悲痛，搖手說道：「不要勉強。」

「不，我可以的。對啊……為什麼我覺得海倫不會自殺呢？明明死因庭已經下了判決，我應該接受才對……但我實在沒法接受……我沒法接受！」我雙眼已經不自覺地紅起來，而這並不是演技：「在她失蹤之前她仍然天天都在笑，有時早上起來會告訴我她現在過得很幸福。你不知道她以前受過多麼嚴重的情傷，也患過重度抑鬱症，的確有很多次自殺不遂的經驗，可是她一直都告訴我已經不再想死了。她以前很痛恨伊甸園和天使之眼的監控，不過在遇到我後終於了解，伊甸園一直在使每個人活得更加好。即使當時不理解為何上天不讓自己死，但後來卻會因為自己當時沒有死去而感到幸運。她的人生因為你們公司而變得更好了，所以我也一直相信你們能幫到我。她已經能會心微笑，已經不再感到孤獨，夜裡也不再因為惡夢而驚醒，她曾真心看著我的眼睛說她願意成為我的妻子，她說會好好珍惜本已經失去的性命，好好珍惜跟我在一起的餘生。所以……所以海倫是不會自殺的……」我失控地流下淚來。保羅也聽得眼紅，為我遞上紙巾。我知道他被我的真心真意說服了。

「我明白了，但事先聲明，讓你帶走母片這一點我們做不到。就算是行政總裁也沒有權力把母片帶到巴別塔外面，這點請你見諒。」我滿懷希望地點點頭，因為說到「事先聲明」就代表他先把限制告訴我，接下來往往是好消息。

「但我能讓你跟我一起進備份管理室，在裡面看和檢查，這樣可以嗎？」

我又再因感動落淚了，抓住保羅的手放在額頭：「感謝你！真的太感謝你了！」但我突然想到：「啊，可是我怎麼檢查？我沒有警方提供的片段啊……」

「咦？你沒有？」

「對，因為證據是直接呈上死因庭的，所以我沒有副本，也沒法申請取得影片。」保羅想了想，再說道：「這個……恐怕我就沒法幫到你了。警方那邊的副本得靠你自己找來。」

我只好點頭：「既然是這樣，可以請你把名片和聯絡方式給我嗎？我會想辦法弄到那邊的影片來作對比檢查。」

「後面那句充滿犯罪意味的說話我就當作沒聽過吧。啊，名片你要實體的還是電子的？」愛死你了保羅。

「實體的。抱歉，我是UTG前出生的，還留了些上個世代的習慣呢。」我以眼神投向他之前接過的偽造名片。幸好剛才已經在這個小小的舉動裡埋下了種子，如果我剛才給他電子名片，現在卻要求實體名片就很突兀了。事實上，目前購買伊甸終端機已是實名制（雖然名義上不是），所以使用終端機的時候也要特別小心，因為隨時可能被識破真實身份。終端機也如同身份證明文件一樣，如果想好好地偽裝身份，也要把它換成別人的。當然，我耳上的終端機是從黑市購入的破解版機體，並非自己的。他掏出名片給我，上面寫著：

「伊甸園有限公司
天使之眼備份部門高級主管
保羅．史考特」

還附上聯絡電話和終端機編碼，至於背面則是伊甸園公司那甚有科技氣息，設計得如幾片刀刃般非常銳利的「E」字商標。

「謝謝你，今天很抱歉花了你寶貴的時間，我先走了。」

「不用謝。希望你能盡快查出真相。」我收好名片，向他鞠躬道謝過後便走了。

廿一世紀末，即二零九零年開始被世人稱為「超科技世代」（Ultra-tech Generation，簡稱 UTG）。盈利增長最高的兩間科技企業，分別推出了兩項劃時代的科技產品：伊甸園有限公司的伊甸終端機與賽博格有限公司的量產生化機械人，雙雙成為了新世代的象徵。

雖然賽博格的產品在二零八零年已經正式推出市場，但與伊甸園相比，它的企業爆發增長期明顯較遲。在終端機面世並快速普及的二零九二年，賽博格還未推出生化機器人，只集中生產生化器官、義肢作為醫療用途。要比喻兩者的銷售策略的話，如同蘋果與特斯拉。伊甸園主打大眾市場，再將資金投放在更高級別的開發項目上，真正毛利率最高的核心業務是雲端的個人資料及記憶管理；反之賽博格起初的目標客戶群則是消費力最高的富豪。他們的服務主要是提供生化器官給醫院，以及為傷殘人士提供可移植的機械義肢，往後進一步開拓人腦移植服務。現在的核心業務則變成量產和管理生化人。

曾幾何時，性別在社會上是二元化的，本世紀初開始興起 LGBT 風潮後，愈來愈多人了解到性別有其光譜，並不是非男即女。而隨著賽博格公司的生產和生化移植技術愈來愈成熟，便也顛覆了一直以來簡單地區分人類和非人類的觀念，因為人類之間也可以再細分成不同種類。

一般而言，擁有自然肉體的就是純人類，隨著身體的機械化部分多少，再分成局部生化人、純腦生化人和純生化人幾種。局部生化人主要是本來有先天或後天殘疾，或是患上內臟疾病的人，賽博格公司會根據患者失去的肢體或受損的器官製作機械義肢或機械內臟，這種醫療技術進一步提高了人類的存活率；純腦生化人則像《攻殼機動隊》所描述的一樣，由賽博格公司提供生化肉體，再把人的腦袋移植過去，達到人機合一之效。不少身患嚴重皮膚病、體內免疫力失調或是白血病的人都因為這種技術而得救；最後一種是用於取代低端勞動力的純生化人，也就是很像真人的機械人，從外觀甚至沒法分辨它們是不是真正的人類。

然而再強大的科技也有力所不逮的方面，其中之一就是……自殺。當科技進步到可以把人腦移植時，曾經有科學家說過人類已經得到永生，或者說「老死」這個概念將會漸漸消失，而且也不會再有折磨人的「絕症」。實際上卻不是這樣。首先是自殺的案例，雖說用家試圖自殺時會觸發伊甸終端機的警報，但總有救護員來不及或是故意摘下終端機後自盡的例子，而即使是多麼先進的醫療科技，都沒法把「死了」的東西救活。現今有很多人故意脫下終端機，為的是延遲被發現的時間，一旦腦死亡達到五分鐘以上，就能確保自殺成功。再來是所謂不會老死的推測，後來也被證實是錯的。大腦也是器官之一，只要是身體器官，機能就會隨著年齡增長而衰弱，直至老死。曾經有個老人總是在臨死前進行人腦移植，但實際上也只能活到一百三十幾歲而已。事實上，真正選擇不停移植大腦續命的老人，這麼多年來也不到幾十人。原來人們沒那麼熱衷於長生不死，特別是老人家，大多都會覺得自己已經活夠了而選擇接受死亡。當然啦，也是有幫一些長者延長壽命使他們達成心願的。比如說來年孫子就出生，移植大腦手術在這種情況就大派用場了。令人驚訝的是，人們並不會純粹因為想長生不死而做手術，手術的理由往往都與親人和未達成的願望有關。

至於絕症也很易明，就是腦癌。體內什麼肝癌肺癌子宮頸癌都能透過移植對應的生化器官而痊癒，可是腦癌不行，因為沒有機械腦可以移植。

曾經有過一套理論，科學家認為靈魂就是大腦的電子訊息，所以只要把舊有的電子訊息複製並模仿它的發放方式，就能製成電子大腦。理論上是可行的，賽博格也不知投資了多少億做出電子腦原型，也擁有理論中的技術條件，然而到臨牀實驗的時候，把模仿大腦製成的電子腦安裝到機械肉體上，縱使其性格、記憶、信仰，甚至連腦波都跟要模仿的人類一模一樣，但得出來的也不過是個機械人。這些年來連賽博格都放棄開發人造大腦，更遑論其他規模不夠大的科技公司了。電子腦開發項目終止前的十年，賽博格的年收入幾乎燃燒清光，甚至公佈實驗失敗後股價還馬上插水。本來它當時的市值已經有望追上伊甸園，但經此一役後，賽博格的股價一蹶不振，甚至被坊間的投資者評為當代第一間破產的巨無霸科技企業。幸好它本來的業務就很賺錢，不出五年就回復元氣，可是伊甸園的業務也在五年間爆炸式增長，所以賽博格只能在伊甸園身後穩守第二位。

研發電子腦的失敗印證了理論和現實之別，中間的鴻溝有時並不是單靠科技就能跨越的。就像本世紀初曾經進行的基因改造蚊子——「殺手蚊」實驗，科學家認為只要把基因改造的蚊子放出去，牠們的後代便會因沒法成蟲而死去，隨時間過去就能使蚊子慢慢滅絕。實驗起初也得到預期成效，蚊子數量下降了九成，但不到十八個月的時間，蚊子的數量又回到之前的水平。調查發現殺手蚊的後代克服了基因缺陷，令蚊子進化成更難以殺死、繁殖力更強的物種。正如《侏羅紀公園》的對白所言：「生命總能找到出路。」

電子腦實驗也一樣，雖然一切都跟著理論走，賽博格也成功製造了全球第一個電子腦生化人，可它即使有原宿主的記憶、性格特點，但它並不是人類，而是純生化人。最簡單的一個實驗，就是讓電子腦生化人去傷害人類，然而它卻沒法做到。說來諷刺，人之所以為人，竟然是因為人類擁有傷害人類的自由。這個實驗算是反向證明了靈魂的存在，世界上的確有科技永遠沒法模仿的事物，而只有靈魂之中才存在自由意志。真正的生命奧祕，仍然是人類遙不可及之物，即便科技已助了人類一臂之力，可距離還是差太遠了。

由於沒法以科技複製腦袋，所以腦死亡的人便是真正回天乏術。不管海倫是上吊或被外人絞殺，都是死於窒息，沒為世界留下哪怕一個拯救她的機會。就算把死了的腦袋移植到生化肉體上，她的眼睛也不會再張開。想到這裡，淚水又在眼前泛起。我快快擦過，繼續專注在馬路上。UTG世代的車子大多都有自動駕駛功能，但為了配合我的假身份設定，我駛來了可以手動控制的舊式日本進口車。雖說離開伊甸園公司的範圍就可以不用演戲，但我是個很小心的人，尤其是在這個到處都是天使之眼的市中心，更要演戲演到底。我會選擇舊時代的進口車是因為車內沒有跟天使之眼連動的晶片，加上用料還是以前的鋼和鐵，而不是現在的智能鈦金屬，所以監視器對它的敏感度較低，也有助我的工作。

車子駛入科技街，一座巨大的銀色橢圓形建築物映入眼簾，銀色的單道螺旋鐵軌包圍在外，單軌輸送電車如優雅的白蛇圍著一顆浮空的蛋在盤旋。我把車子開到賽博格公司的停車場停好，脫下耳朵上的伊甸終端機、臉上的日本產人皮面具，便下車走向大樓——「阿瓦隆」。我從正門進入，它跟巴別塔不同的地方是，在大堂工作的都是純生化人，它們的耳朵也沒有佩戴終端機。巴別塔除了聘用純生化人為保安應對突發情況外，大堂接待員或是清潔員等等全部都聘請純人類，而且電梯大堂還設有檢查機查看進入的人是不是純人類，更須以工作證核實身份才能進入。

伊甸園公司在這部分的規矩特別嚴格，只要是屬於生化人光譜的一律不得進入大樓內部，甚至大樓內部出現危險情況時也會先派出純人類保安員，不到萬不得已都不會出動在大樓外部和大堂的生化保安員。那是因為賽博格近年來把區塊鏈技術用在機械人和機械器官之上，哪怕只有一個機械人看到、聽到伊甸園的內部機密，都可馬上跟其他機械人共享，而且沒有方法叫停傳輸過程。所以純生化人是絕對沒法走進大樓的，純腦生化人也不可以，因為機械眼睛、機械耳朵也會跟其他機械共享訊息。至於局部生化人的情況則有點尷尬，曾經有個員工患上肝癌後換了生化肝，高層卻認為生化肝有可能被裝了竊聽裝置，雖然在體內接收到的聲音會被其他臟器的蠕動聲和環境聲音干擾，但去除雜音以現今的科技也不難做到，所以公司就把那個員工辭退了。

作為競爭對手，賽博格在保護商業機密的程度上也與伊甸園不相伯仲。阿瓦隆方圓二百米範圍內的地皮都由賽博格公司早年以高價購入成為私有地，而天使之眼是伊甸園跟政府合作的燈柱改裝及加建計劃的產物，只適用於政府有地權的土地，所以賽博格公司附近處於監視真空狀態。我也是進入了真空範圍後才能脫下面具以真面目示人。

「你好，我是愛德華·布朗，約了行政總裁，有很重要的會議。」我走進阿瓦隆大樓內，直接往大堂中央的圓桌走去。阿瓦隆內部的設計風格跟三尖八角的巴別塔不一樣，基本上都以圓形為裝潢主調。

「好的，請稍等。」眼前的純生化人是個外形討好的斯文眼鏡男，它只待了半秒就再次向我露出微笑：「讓我為你帶路，布朗先生。」它在聽到我前來的目的後，根本不必做任何動作就能通知其他單位，同一時間已經與其他生化人共享資訊了。所以在一百樓的生化人也能知道我來找行政總裁，很快就能作出應對，不用再像以前般等接待員打電話描述情況再接收命令。根據統計，這種訊息傳輸方式使每人每年花在等待上的時間減少了半個月，令整體商業活動的效率提高了十五個百分點。

它伸手示意，領著我前往銀色單軌電車「天梯」的月台。等天梯到站期間，我不自覺地看了看身旁的純生化人。老實說，直到現在我都難以相信眼前的西裝眼鏡男是個機械人，不論看多少次還是覺得很奇妙，我猜第一批看到飛機的人也是這種感覺吧？而且它的外表明明跟我沒分別，可在那些看不到的地方，它卻是能人所不能，比我們這種純人類強大太多了。有時不禁會想，我們純人類難道不是已經淪為更低下的物種了嗎？要是哪天機械人叛變，沒有一個人類能倖免於難。

舊時代有很多科幻影視作品都有描述過未來的機械人技術，而與現今最相符的一部應該就是《西部世界》了。事實上現在仍有地下娛樂場所提供這部影集中提及的服務，女生化人會被當成妓女，男生化人則會被暴力對待，讓人們發泄不滿和壓力。不過因為簽訂了《機械人人權法案》，人們沒法直接建立一個像西部世界的性愛暴力樂園。雖然法案實際上是保障局部生化人和純腦生化人的權益較多，但純生化人也一併受惠了，這一點對人類和機械人都是好事。一來受法律認可的成人樂園會得到大部分人接受，而此後人們必然會漸漸喪失道德感，名為道德淪喪的無形怪物一旦在社會上擴散開去，後果不堪設想；二來可以保護人類，因為我們並不知道自己對機械人的所作所為會不會被它們記恨，而性侵犯和暴力是一定會引起恨意的舉動。即使賽博格公司已經多次對外聲明，生化人的人工智能並沒有任何跟「恨」有關的程序碼，而且它們就算真的憎恨人類也沒法報復，因為所有機械人的第一法則就是不可傷害人類，這是最高指令。加上每個生化人都須由政府檢查過程序碼後才會獲發牌、允許出庫，所以能確保所有生化人都是符合規格的。當然，純腦生化人不在此限，因為只要還是人類的大腦便會有自由意志。

然而地下娛樂場卻是滅之不盡的蟑螂，即使賽博格在很久之前已經把所有量產的生化肉體更換成「無性肉體」，但隨著人類對生化人愈來愈倚賴，甚至在情感上倚賴它們時，便出現了人類跟純生化人的婚姻。這種情況最早是在日本開始的，本來日本的宅男在舊時代已經會跟虛擬偶像結婚，當推出生化人後，出現跟生化人結婚的案例也是理所當然的。這種情況也慢慢普及，全球平均有百分之三的純人類選擇了跟生化人結為夫妻。一旦結婚就自然會想有親密行為，而生化人的伴侶有權讓它接受加置仿真機械性器官的手術。賽博格公司作為商業機構，只要是沒有明文規定不能做而又能賺錢的委託，何樂而不為？可是有結婚就有離婚，當推出新型號後，總有人會拋棄自己曾經的生化伴侶，這些被遺棄但又安裝了性器官的舊式生化人便會被黑市收購，在地下娛樂場提供性服務。所以機械人會憎恨人類並非天方夜譚，而如果真的發生了我們也無從阻止，如今只能祈求人工智能的設定真的如賽博格所言，生化人不可能產生恨意吧。

天梯到站，生化接待員帶我上車，它友善的態度令人感到安心。距離到達行政會議廳的樓層大約還有五分鐘，我看向天梯窗外的風景。科技街到處都是標奇立異的建築物，到科技街以外，便又變回普通的長方體商業大樓，所有人類在建築物的配襯下都如同點點微塵。有時你會看到大街上有人爭執，要是雙方都吵起來甚至動手動腳，就能判斷他們都是純人類；反之如果一方完全不還手，只作勸告的話，它九成都是生化人。它們是把人性醜惡徹底移除後的新物種，它們比我們更應該統治地球。說實在的，對我而言誰來統治地球根本沒所謂，因為海倫已經不在了，只要能查出她死亡的真相，就算是被生化人一槍斃命我都會欣然接受。

五分鐘後，眼鏡男為我擋著打開的天梯車門，月台上已有另一個黑人女士為我帶路：「布朗先生，這邊請。」而身後的眼鏡男深深鞠躬，車門關上，往地面開回去。我跟著黑人女士在銀白色的圓拱形走廊往會議室前進，很快便來到死胡同，眼前只有平滑如鏡的金屬牆壁。黑人女士繼續向前走，金屬表面下陷並向左右滑開，現出一個圓形的入口，內室有一個男人。她往室內鞠躬：「中本先生，布朗先生來了。」

室內一個身穿白色西裝的中年男人負手而立，站在落地大玻璃窗前俯瞰著世界。他的鬢髮和鬍子都有點泛白，戴著四方眼鏡，亞洲人的偏矮身材，樣子很像舊時代的著名日本動畫導演宮崎駿。他正經八百地轉向來看我，身旁的黑人女子點頭示意後離開會議室。大門無縫地關上，重新變回一面光滑的金屬牆。

名為中本里志的男人走到空無一物的會議廳中心，準備在空無一物的地方坐下來。在他開始屈膝的同時，地面升起了一塊浮空圓板成為了他的椅子。「我在等待你的方案。」帶輕微日本口音的低沉男聲傳來。我走過去，把在車上脫下並收好的終端機取出，並伸出手一併放下保羅的名片。我放下物品前一剎那，地面升起一個較大的圓盤，接住了我要呈交的物品。

中本里志挑起單邊眉毛：「我以為你有更驚人的東西要給我，畢竟你之前跟我提議的方案是關於擊潰伊甸園的。」

「要讓龍捲風席捲德克薩斯州，也不過需要一隻巴西的蝴蝶而已。」我把終端機和名片推向中本里志：「這，就是你的蝴蝶。」

「老實說，我不這麼認為。」他把終端機拿起來打量，興趣缺缺，再放下：「說說看，裡面到底有什麼？」

「我剛才跟天使之眼備份主管的對話紀錄。」我故意在回答時留下更多空白，使他主動要求我繼續解釋。

「你要為我在點與點之間連上直線。」

「知道了他的外貌、聲線、說話方式、身高體重和表情動作，以你們公司的技術要根據他的資料製作一個純生化人應該不難吧？」我進一步勾起他更多疑問，相信我的計劃和表達手法對中本里志而言是罕見的，這樣我才有繼續說完整個計劃的機會。

他點點頭：「是的。但這樣做有什麼意義？」他明明什麼都不懂，但問問題的語氣卻仍然讓人覺得他深不可測，這大概是當行政總裁須要具備的技能吧？

「我只需要一個純生化人就能進入下一個步驟。」我敢保證，雖然他的樣子完全沒有半絲疑惑，但他腦中早已被問號軍隊攻佔了。如果他現在能把我所有的計劃都看透，也就不需要我的存在了。

他推了推眼鏡，十指交扣抵在下巴，眼鏡鏡片反射著白光：「讓我梳理一下情況，上次見面時你告訴我一個可以把伊甸園擊倒，使我們公司成為壟斷企業的方案，而這一切都跟你自殺的妻子有關。你覺得伊甸園是幕後黑手，只要能取到天使之眼的備份就能揭發他們的罪行，可是這又與製造一個純生化人有什麼關係？你要知道我們製造的不是複製人，而是機械人。」沒錯，雖然伊甸園一次又一次阻止了海倫自殺，但我的首個懷疑目標仍然是它們。我一直很清楚這種手握電子大權的集團絕對有能力竄改天使之眼的備份檔。定下規則的人也有改變規則的力量，所以伊甸園是幕後黑手的可能性極高。雖然我目前還未想到它們殺死海倫的動機，不過我敢肯定不是出於私人理由或是仇殺之類，很可能是跟一些陰謀有關。

「很簡單啊，造出了純生化人就能拿到備份。」我輕描淡寫地道。中本里志禁不住笑意：「看來我浪費了兩次跟你見面的時間呢，請回吧，我還要跟其他想提供相關方案的人見面。」那是嘲笑，可沒關係，因為他根本不懂我的實際計劃。

「我倒是很好奇為何這麼簡單的方法，你們卻一直沒有實行。」

「簡單？嘿，你知道這些年來我們試過多少次去偷伊甸園的內部情報了嗎？但電腦上入侵不到、靠商業間諜入侵不到，就算像你這種要求製作生化人闖入大樓的方式也入侵不到。我們試過聘請最高級的黑客，但對方也能請到最高級的駭客阻止我們。要不是我們只用高手中的高手，早就被他們逮到證據了。結果來回過招一個多月，我們除了白花薪水請人外什麼情報都沒撈到。商業間諜也不可行，伊甸園會把所有應徵者的終端機記憶鉅細無遺地檢查一次，也包括所有的醫療、牙科、通訊和銀行紀錄，滴水不漏。之前的未來龐克公司就因為一宗商業間諜案要打官司而直接破產，我才不要步他們的後塵。再說你要是想讓跟那備份主管外形一樣的純生化人進入大樓也是沒可能的，你沒看到入口那些檢查閘機嗎？」

「我明白你的憂慮，中本先生。可是恕我直言，你們這些科技天才有時把簡單的問題複雜化了。愈是著眼於科技的人就愈會把焦點放在難解決的問題上，但對我來說其實很容易就能達到你想要的效果。只是你們把時間花在錯誤的方法上，才以為題目本來就是難解的。」

中本里志稍為抬頭，現出鏡片後的雙眼，展露出好奇的神色：「呵，有趣。像你這麼自信的人我倒沒見過。你要求我照著樣板製作一個純生化人，也算是一種投資，既然是投資，沒理由連計劃藍圖和勝算都不知道就出手的。」

「我能向你保證，只要為我造好一個跟保羅．史考特一模一樣的純生化人，我就有方法把他運入巴別塔的內部，把備份偷出來。」他思考了十來秒便皺起眉頭：「就算你有什麼魔法能把我的純生化人混進去，又要怎樣跨越那一重又一重的密碼鎖？我看你連保羅的個人電腦都登入不到。」

「密碼的部分我完全不擔心，這個小東西會為我解決所有的麻煩事。」我用下巴指一指桌上的伊甸終端機：「純生化人製作得七七八八，我便會動手綁架保羅，然後將你的生化人跟本尊換過來。我們借保羅的終端機就能通過一切障礙。」現代人基本上都會把密碼儲存在終端機，即使沒有，也能從終端機的紀錄中找到他創建密碼時的情況。

「嘿，有點意思。但要啟動這東西需要四重認證：虹膜認證、指紋認證、聲音認證和最後的腦波認證，你啟動不了終端機，之後就什麼都不用說了。」

「我不就已經把需要的東西給你了嗎？」我笑了，中本里志也是個聰明人，看向了桌上的終端機和名片。沒錯，保羅來幫忙時我一看見他脫下墨鏡就真誠地看著他的眼睛打招呼，那個時候已經錄下了他的虹膜，對話過程中也錄下他的聲音，最後就是問他取得名片，上面當然也有保羅的指紋。

「我不得不承認，你為我帶來驚喜。可是腦波的部分又如何？」那是最難的部分，因為伊甸園要確保他們的終端機只有純人類或純腦生化人能啟動，所以近年加入了這種新保安方式，以防止終端機被純生化人使用或入侵。因為生化人的系統核心用了區塊鏈技術，其運算能力與終端機比起來如同巨人對螞蟻，所以只要生化人佩戴了終端機就可以修改不同的紀錄。雖然沒法從雲端中取得資料，但它可以上載有問題的紀錄。曾經有一次黑客的惡作劇，便是在黑市購入破解版的終端機後，借生化人把帶病毒的視覺紀錄上傳到雲端，令伊甸園的伺服器被迫關閉五分鐘修正錯誤。破解版的終端機可以跳過所有生物認證被直接使用，而有破解技術的人都會被伊甸園招入團隊，加上近年伊甸園開始投放不少資金在回收破解版的終端機上，因此令這些終端機變得價格高昂。我在喬裝成沃特時佩戴的終端機幸好是在早年購入的，不然只是買這個道具就得花光我一輩子的積蓄了。

「這個問題對貴公司來說根本是小菜一碟。如果啟動終端機須要擁有自由意志，恐怕就真的是無解的保安方式。可是終端機只須要檢查腦波，賽博格早就具備這種技術了。」

中本里志滿意地點點頭：「你是說電子腦吧？」

「對。你們打造生化人的速度就算加急處理也得花兩個星期吧？我知道電子腦的技術沒再發展，目前仍然需要讓本體經過你們公司的腦波檢測儀掃瞄過後才能打造相同的腦波，所以我想問一下你們重新打造能用的電子腦大概要多長時間？」

「唔……得祕密進行，但不會多過三個月。」

「完成電子腦後把複製腦波植入裡面又要多久？」

「這就很快了，大概花一個小時掃瞄本體，再花一個小時就能把腦波複寫到電子腦裡。」

「如我所料。」這是當然的，因為我早就把以前的電子腦研究論文讀了個滾瓜爛熟：「我總不能把保羅先帶來一次讓你們複製他的身體特徵和腦波，把他放回去，等三個月後生化人製成再把他綁架和交換吧？所以我就先把他三種最基本的生物認證帶過來，你們只要在三個月內製造好一個虹膜、指紋和聲音都一模一樣的生化肉體，再做好一個未有腦波的電子腦就可以了。」

「這樣你就只須要在三個月後綁架保羅一次就好，原來如此。」

「而帶他過來後由你們負責禁錮他，說起來好像很可怕，但也不過是給他重一點的麻醉藥而已。一兩天後醒過來，他又會回到日常生活去，而他消失的日子也沒有人會察覺到，生化人會好好替代他的角色。」

「那一兩天內你就把備份偷出來進行解構，看看伊甸園到底在天使之眼動了什麼手腳。要是我們發現監控影片被修改過，那麼他們就算不是直接參與殺人也是共犯了，光是這新聞就能一舉把伊甸園擊倒。」中本里志自顧自地說著，也許是幻想到成功扳倒敵對企業的光景，嘴角不禁上揚。

「對，我能找出誰殺了我的妻子，你們賽博格能超越受重創的伊甸園成為一枝獨秀的科技龍頭企業，一石二鳥。」我並不在乎他有多想要扳倒伊甸園，我做的一切只是為了查出海倫「自殺」的真相，但我沒法完全靠單打獨鬥達到這個目的，所以只能好好拉攏有共同利益的盟友。賽博格有實現計劃的財力和技術，而且中本里志也一直尋求擊潰伊甸園的計策，所以我早就知道我們的合作會很順利。

「我明白了。那麼，最後一個問題。」中本里志把身子後仰，翹起了腿：「這一切都建基於伊甸園真的動了什麼手腳之上吧？如果不是呢？如果你的妻子不是他殺，真的是自殺呢？」他毫不留情地刺中我的痛點，對我而言這是心靈創傷，但對他而言則只是投資失利。

「投資從來都不是穩賺不賠的，但即使計劃失敗了，你的損失也不過是製作生化人和電子腦的成本，還有三個月時間而已。如果這能換來擊倒伊甸園的可能性，讓賽博格能成為未來十年甚至五十年的龍頭企業，我覺得值博率很高。」

他看著我，終於站起來伸出手：「合作愉快。」

「合作愉快。」

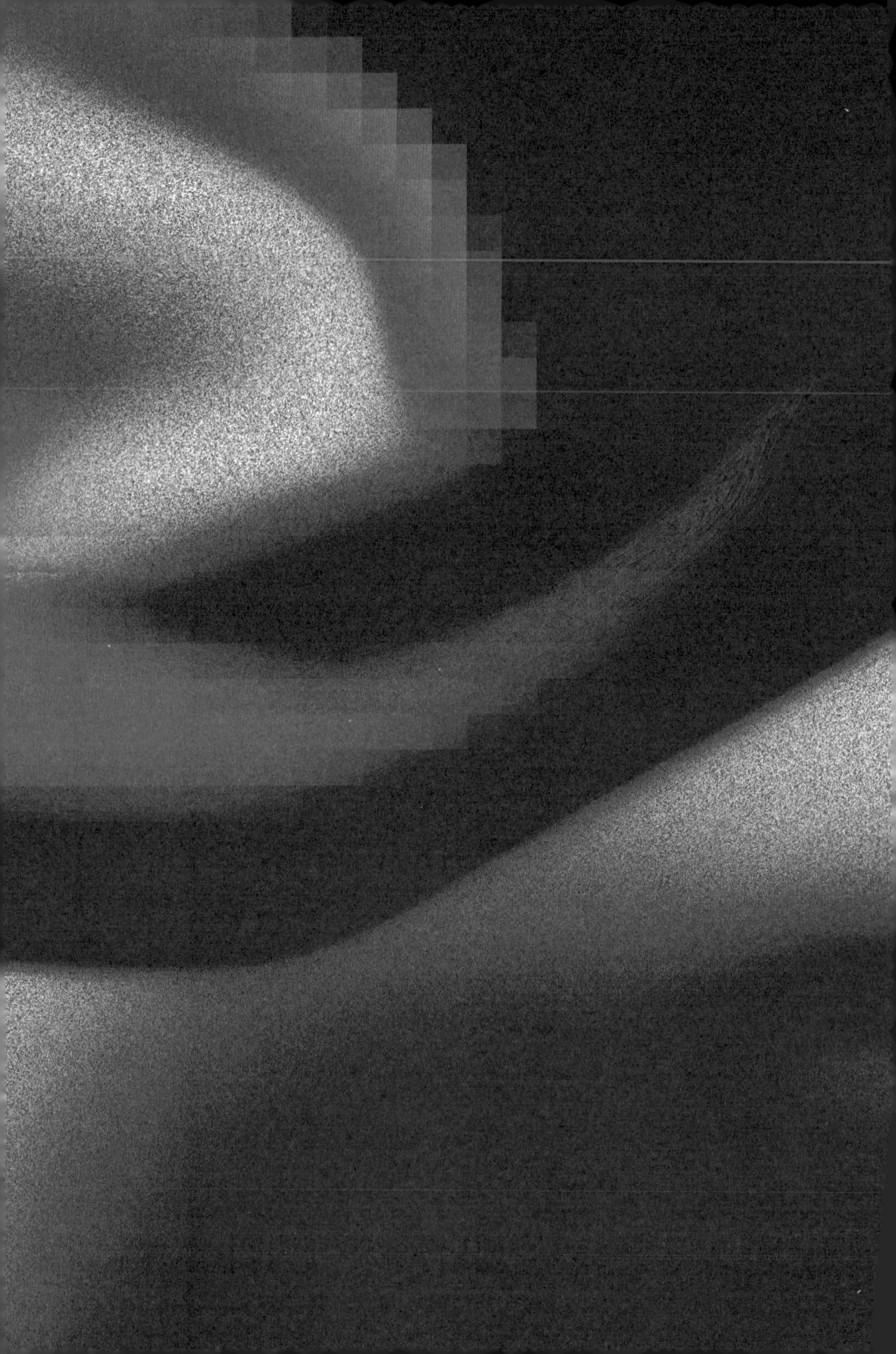

〈第五章〉

〈愛麗絲〉

大門再次打開，我看到那金髮的蛇蠍美人愛麗絲再次步入房間。她依舊身穿緊身直條紋無袖襯衣及黑色運動褲，但這次沒有拿著食物和水，大概是知道我不會再吃她提供的任何東西了。她把門關上後背靠著一旁貼了隔音棉的牆站著，身體微微擺出了曼妙的曲線，把巨乳纖腰和蜜桃臀以完美的角度呈現出來，更添美感。我還留意到她那黑色運動褲在大腿內側的交接部分現出了明顯可見的駱駝趾，光是看到就能使男性的荷爾蒙激增。

「你……應該知道我剛才做了什麼吧？」她不好意思地問道。我冷淡地點頭：

「嗯。」我們的物理距離彷彿暗示了我們的心理距離，雖然從一開始就沒有接近過，但我對她的定位已經從陌生人降格為敵人。

「對不起，我騙了你。但不這麼做就沒有效果了。要是沒有麻醉藥，你根本不會相信自己正在被里昂用刑。」其實我也未至於真的很討厭她，我還能冷淡以對全因他們從一開始就不是真的想傷害我，不然我現在就只能痛哭和哀悼自己的性器官，哪裡還能正常地說話？她在我不知情的情況下把麻醉藥餵給我吃，這點怎麼說都是錯的，但最後我卻是什麼苦什麼傷都沒受，所以這也不是沒法原諒的事。

愛麗絲的態度跟上次離開相比軟化了很多，她用手抓住自己的手臂，托住巨乳，微微低頭，金色的蠶絲在耳際滑落。太美了，要是一生人能和這種女人發生一次關係就無憾了。「里昂告訴我了，你在那種情況下還是堅持自己沒有出軌。所以……我覺得之前對你……說不定真的有什麼誤會。」

「這是一定的。」湖水綠色的眼睛偷看我，在發現我一直緊緊盯著她後又馬上別開去，能看得出她真心感到內疚。即使是里昂和哈利要置我於死地的情況下，愛麗絲也對這個決定感到猶豫，證明她對我的恨意最少。如果是本來就想殺死我的人，即使傷害了我也是不痛不癢的。

「那麼……你能……原諒我做的事嗎？」她的手更用力抓著自己的手臂，柔軟的乳房也因此晃動了一下。愛麗絲咬著下唇，等待我的回應。

「唉。」對著如此性感的尤物我實在沒法生太久的氣：「其實你們也不過是想知道真相罷了，要不是把一切設計成這樣，也的確沒法欺騙我。只有在我相信你們真的會傷害我和殺死我的情況下，你們才能達到讓我說真話的目的。那麼現在你們知道真正的我是什麼人了吧？你又能原諒我……害你的好朋友自殺的事嗎？」愛麗絲倒抽了口涼氣，再重重地呼出來。明明是一口空氣，給人的感覺卻像是呼出了巨石。

「這個……有點困難。」她支支吾吾地答道。

「還不相信我嗎？我的說法可是面對被人閹割的酷刑也不曾改變過啊！你們不是相信『人之將死，其言也善』嗎？」我搞不懂，他們已經達成目的了啊，我的專一和忠貞都不是騙人的謊話，而是即使面對酷刑和死亡都始終如一的真相，所以那個女人自殺並不是我的錯啊。

「可是她仍然是跟你在一起後自殺的。抱歉……」她把頭倚在牆上。

「要自殺的人，不管跟誰一起還是會自殺的。」雖然殘酷，卻是事實。

「如果我相信你的說法，就意味著她的死……是毫無意義的。而我們現在做的事，也毫無意義。」對啊，那個女人的死就是毫無意義的，擅自覺得我出軌，擅自覺得受到傷害，擅自去死。並不是我做錯什麼害死了她，而是只要我跟她分開，她就一定會受不住傷痛而自殺。她只是不想承認選擇自殺是自己的懦弱所致，才會硬塞一個理由：千錯萬錯都與她無關，是我先出軌她才會自殺的，壞人是我，她要自殺全因我的錯。只要這樣自欺欺人，她就算到死都不必為自己的生命負責，也不必為愛她的人的淚水負責。當然，這一切一切我都是不能說出口的。

「你不是已經相信我了嗎？」

「我只是覺得說不定有什麼誤會……不是完全相信你。如果已經相信了，現在就不會再浪費時間跟你說話，直接弄暈你後帶你出去就好。」

「所以說，即使聽到我在極限狀態下的答案，你們還是不滿意嗎？」

「至少哈利不滿意。」啊，還有一個該死的老頭。

「我……能坐下嗎？」愛麗絲楚楚可憐地問道，我只好點點頭。她慢慢走過來，我發現她走路的方式有點怪，總是腳尖先著地，也因此讓那對巨乳隨她的步伐如漣漪般晃動。我不禁被她大腿間磨擦著的駱駝趾吸引了視線，但馬上就強行控制自己不要再亂看。愛麗絲坐下來，雪白的雙手撐在身後，這個動作令她的雙峰更顯巨大。

「其實我和里昂都覺得你在那種情況下說的話已經不太可能是謊言，但哈利卻還是不相信。沒辦法，始終他向來都是愛女如命。」她看向我，光是被這種美人看著就足以讓我心跳加速了。

「先別管他，既然你覺得不是謊言，怎麼又會說可能是誤會？」

「因為我們還是沒法就此接受……她的死全是她一個人的責任。」這也是人之常情。但每個人自殺，不管有多麼悽慘的理由，在他們動手那一瞬間開始就已經是他們自己的責任了。因為不管活得多痛苦，也沒有人逼他們自殺，所以最後都必然是自殺者的責任。自殺的那一刻，他們做了選擇，與人無尤，而結果導致死亡，僅此而已。

「好吧，那你打算怎麼化解這個誤會？」她搖搖頭：「我不知道……哈利說交給他處理。」

「那你進來幹什麼？我不用吃和喝，也還不需要大小便，里昂已經達成了他的目標，你進來根本是無意義的。」

「我知道。但我還是想進來……跟你說對不起，你知道的，麻醉藥的事。」她緊閉著嘴，彷彿真的做了傷天害理的事。我也沒法再生氣了，反正最後一點事都沒有，便答道：「我明白了，沒關係。」愛麗絲的雙眼彷彿要發出金光：「太、太好了！老實說，這種騙人的事我從小到大都沒做過，所以內心一直很不舒服，你真的能原諒我就太好了！」

「嗯，我原諒你啊，你們也沒有真的傷害我。」

「真的？」她向我靠過來，雙手放在身前撐著，臂彎把乳房夾出一道深溝，真誠的雙眼滿是期待地看著我。

「真的。沒關係啊。」愛麗絲深深舒了口氣，彷彿一個終於等到從軍的孩子回家的媽媽：「那就好了。」她說完就再次坐好，面對前方，雙手交握，大拇指互相搓揉著，像是在思考接下來要說什麼似的。

「我說，之前我一直都往女朋友的方向想所以忽略了，想問一下，你的朋友、里昂的妹妹，難不成……是我的前妻？」

她肩膀一抖。

「你……你在說什麼呢？」她那微小的動作已經被我逮到了，我覺得自己的推測沒有錯：「你剛才嚇了一跳，雖然你控制著自己不要表現出來，但我還是看到了。她是我的前妻露娜·布朗對不對？」

愛麗絲低下頭，像個惡作劇被發現的孩子不敢看我：「你……怎麼發現的？」

「里昂一直問我有關性事方面的問題，而且她的媽媽已經不在，又有哥哥和爸爸，再加上因性事不合而分開，人選就只剩下露娜了。雖然我們是祕密結婚，但露娜也給我看過家人的照片。」我頓了頓，再使勁地回想露娜家人的名字和樣貌，可是我只看過一兩次那些照片，對他們的樣子沒有很確實的印象，名字也記不起來了。如果有終端機的話我就能馬上查到，可現在單靠自己的大腦是做不到的。我和露娜從相識相愛交往到結婚都只是很短時間內的事，而且兩個人只去了拉斯維加斯辦了一場兩個人的婚禮，所以我一直都沒有親身見過她的家人。

「你……你不要讓他們兩個知道你已經猜到，不然他們不會放過你的。」愛麗絲有點慌張了起來。

「你跟他們是一夥的，我這樣問出口，已經預想到你會告訴他們。不過你也得讓他們知道，只要讓我離開就好，我不會追究這次綁架。說到底，我們之間不過是有太深的誤會，我一直以來的形象是導致這次事件的主因，我離開後也會好好檢討。至於你們，說實在的，我真的沒受到傷害，所以沒必要找你們麻煩。」我一出去就報警把你們幾個全鎖進牢裡去！當然，這句不能說。

愛麗絲靜靜說道：「不，如果我告訴他們的話，不管你追不追究他們也不能留你活口。」我不禁嚥下唾液：「那……你不會告訴他們吧？你應該是最不希望有人死的啊。看吧，光是騙我喝麻醉藥就內疚成這樣，要是我被他們殺死你一定受不住良心責備的。」

她仔細地想了想，有點猶豫地說道：「也許……我受得住？」

「你不是剛剛才警告我不要告訴他們嗎？為什麼現在感覺你會跟他們講似的？」愛麗絲點點頭：「嗯，就是剛才想到的。既然你把這麼重要的情報告訴我，我應該要好好利用才對。」

我不禁泄氣了：「我還……以為你多少站在我這邊……」失策了。我雖然知道不可以對里昂和哈利說，但受愛麗絲那人畜無害的美貌和相對友善的態度影響，我無意識地偏向相信她不會對我不利，而這個推測是大錯特錯的。

「嗯，我的確是傾向站在你這邊，所以我並不是說絕對要跟他們報告。至於最後說不說，就得看你的表現。」愛麗絲慢慢靠近我，她的體香刺激著我的嗅覺，使我有衝動想張嘴去咬她雪白的肌膚。我們的臉近得能讓我感覺到她吐出來的鼻息，那雙水汪汪的大眼看著我。看我表現……該……該不會是我的牀……牀上表現吧？想到這裡，熱血已經開始往我下體湧過去了。

「你得老實告訴我，為什麼跟露娜結婚，又為什麼離婚？」雖然她的說話把我奇怪的想法一掃而空，但她還是靠得太近，我沒法控制自己的小弟弟不要有反應。只穿著內褲的我感覺到那裡開始脹大，甚至略略碰到愛麗絲的腰間。

「唔？啊！」她馬上就注意到我下體的異狀，迅速退開站了起來，整張臉都紅透：「對……對不起，我太沒防備心了。」

「不不不！應該是我道歉才是，因為你實在太美了，又靠得那麼近，所以我才會這麼大反應。對不起，我也控制不住。」老兄，你快給我軟下來啊！愛麗絲尷尬地用手指捲著髮尖：「你……就算你這樣拍馬屁也是沒用的喔，我還是得看你跟露娜發生了什麼事才決定要怎麼對你。」

「我才沒有拍馬屁呢！我是真心覺得你很美，身材也是完美的那種，所以你不要以為我是為了討好你才這樣說。」她以懷疑的眼神打量我，但看到我還未冷靜下來的小弟弟就再別過臉去：「唔……好、好吧，我相信你，你快點讓他……平靜下來。」

「我得分散一點注意力，請你背向我吧。」愛麗絲依言轉身，可我看到她鼓起的臀部就馬上想到身體撞在上面時發出的啪啪聲，下面也更硬了。為什麼這個女人可以美得三百六十度全無死角啊？面對這副不論前後左右都會引人遐想的身材，教我怎麼能冷靜下來！

「這樣吧，我問你問題，應該就能多分散一點注意力。對呢……你不是跟里昂說過不停找女朋友是希望找到另一個跟你靈魂契合的伴侶嗎？那麼你以前有遇過這種伴侶嗎？」愛麗絲的話使我回想起蒂花的笑顏，心跳也因隱約的痛楚而減慢。

「有，所以我知道跟另一個人在靈魂上契合是怎樣的感覺。可是跟百多個女生交往過，也沒有一個能再次讓我有那種感覺了。」

「她是個怎樣的人？」

「很久很久以前，她在我剛出道不久時跟我在一起，是我愛得最深，也是傷得我最深的女朋友。當年我們交往不夠三個月，我要到海外交流，她卻因為不習慣遠距離戀愛，就找了另一個男朋友。太愛一個人卻被對方拋棄的感覺爛透了。」背對我的愛麗絲點點頭：「嗯，誰沒試過這種感覺呢？」

「我也是因為她才不停寫小說，其實也不是真的很喜歡寫故事，但不用文字把悲傷好好發泄出來的話，我一定會受不了。事實上……我早就受不了了，只是後來不停勉強自己撐下去。」

「你……受不了？」

「你過來，看看我的手。」愛麗絲有點猶豫，我則先讓她安心下來：「不用怕，我已經冷靜了。」她聽後才轉身過來，偷窺了我的下體，確保沒有異樣再走近我，看向我的手：「你的手有什麼特別嗎？」

「繩子下面。」很明顯愛麗絲沒有參與將我五花大綁的過程，不然她早就會看到我手腕的狀況。她輕輕拉下繩子，現出好幾道橫狀疤痕。

「以前的世代，還有人割脈自殺的。現在已經沒多少人有這種疤痕了。」除非是割手，但那只是自殘而不是自殺。

「你曾經為情自殺嗎？」愛麗絲以同情的眼神看著我。

「嗯，因為太痛苦了。這就是失去靈魂伴侶的後果。感覺就像自己體內突然多了個永遠都沒法填補的空洞。」如果幸運的話，接下來的人生中也許能再遇上另一個能填補那個空洞的人，可不是所有人都是幸運的，有時找不到就是找不到，沒法強求，只能默默學習怎麼跟心中的空洞共存。掌心多出一根刺，沒有刺痛便懶知。傷口一直存在，不過是漸漸沒那麼痛了，就由它吧。

愛麗絲低下頭：「我懂……我也有過這樣的伴侶，只是那個人不愛我，甚至開始疏遠我……雖然我有過第二次機會，但最後還是不行呢……那個人結婚後，我也試過自殺。在體內多了個空洞這一點，也許我們很像呢……」

「那你應該知道那種痛是多麼刻骨銘心了……每天都在發痛，痛得撐不下去。」

「可是你還活著啊，為什麼之後又能撐下去呢？」

「因為……相信總有天能把空洞填上吧？某天我稍為想通了，這世界幾百億的人口，也許活下去就有機會再次遇上另一個靈魂伴侶。我懷著這種想法撐過了最痛苦的日子，之後就開始不停找新的女朋友……我的心路歷程大概就是這樣吧。」

「這樣的經歷……也難怪你要找那麼多女朋友。」

「嗯，因為我不想將就，我只想找到一個靈魂伴侶。」

「你真的很重視靈魂契合啊……為什麼她能讓你有這種感覺？」愛麗絲有點好奇，像個剛踏入青春期問爸爸什麼是戀愛的含羞少女。

「因為當我說著要為未來的孩子取名字時，她明明不知道我想把女兒改名為露娜，卻早就決定了讓兒子叫桑尼。太陽和月亮，沒有事前計劃過，卻默契地把兒女的名字湊成一對。」我大概這輩子都沒法再找到與我有這種默契的女人了。愛麗絲突然一愣，雙眼瞪大，霧氣自眼底泛起來：「露……娜？你以前……那個女朋友叫什麼名字？」

「她叫蒂花。老實說，這麼多年來，我也不知道自己有沒有放下她。」

「啊……原來……如此……」不知為何，愛麗絲流下了眼淚。

「我曾經以為自己能放下的，當我遇到露娜的時候，我真的以為自己能放下蒂花。」我回想起第一次遇上露娜的情景，不禁笑了：「你知道嗎？第一次見露娜時，我竟然說了這種開場白呢：『你叫露娜？哈，我一直想讓自己的女兒叫露娜啊！』但想不到這種蠢透頂的話竟然能吸引到她呢。」

她狼狽地擦過自己的眼淚：「我知道。那次她到書展找你簽名。我不就說過她把所有情況都告訴我了嗎？我跟她說這明擺著是哄女生的話，你一定對每個女生都這樣說，可露娜就是覺得你對她是特別的。現在看來，她也的確是特別的。」

「嗯。她的確是特別的，所以我才會跟她結婚。我一度以為可以跟露娜走到最後，但事實上卻不能。」露娜特別在於我彷彿從她身上找到蒂花的影子，她們都失去了媽媽，家裡只剩下哥哥和爸爸，而且同樣姓布朗。自從跟蒂花分手後，我就沒來由地對姓布朗的女生情有獨鍾，我的潛意識自動對跟蒂花同姓的女人有好感，也幸好布朗是全美國第五大姓，讓我交到不少姓布朗的伴侶。愛麗絲皺著眉緊盯著我：「那麼你說說看，為什麼跟她離婚了？」

「因為我發現……原來我們並沒有我所想的那麼合適。」

「不對，你是因為跟她性事不合才離婚的！明明嘴上說著要靈魂契合，實際上最看重的還是肉體合不合適！」她氣得眼紅紅，新的淚水又在眼眶內打轉，惹人憐憫。「你什麼都不懂！結婚之後我們的性生活漸漸減少，也沒有以前的快感，可是我根本就沒所謂！有所謂的是露娜！她覺得性生活很重要，所以當感覺到我們之間開始出問題的時候她就很緊張，逼著我一定要解決。我是因為這樣才喘不過氣來，跟她提出分居的！她實在逼得我太緊了，每個晚上都讓我吃男性保健品，硬拉著我做深蹲，我的壓力也愈來愈大。心理壓力一大就更影響性生活，成了惡性循環。可是她還是不放過我，一直要求我表現得好一點，整整幾個月不停不停不停地逼我，我實在受不了啊！」我一下子把所有應該說和不應該說的都爆發出來，令愛麗絲不禁愕在原地。

「這全是我最私密的經歷，現在全都告訴你，滿意了沒有？我是真心愛露娜的，也一直覺得跟她一起有以前和蒂花那種靈魂契合的感覺。我們喜歡的食物、愛聽的歌、喜歡的娛樂、討厭的電影、笑點和淚點全都很相似，她是我在蒂花之後另一個機會，也可能是我這輩子最後的機會，所以我才跟她結婚！對我來說就算性生活不協調也沒所謂，但露娜太過重視這個部分了，所以我才要跟她離婚，你懂了嗎！？」愛麗絲靜靜看著我，正在消化我連珠炮發地狂吼的內容，而她的眼神也從厭惡漸漸變成不忍，視線移往我的下體。「可是……你們是怎樣不協調呢？剛才你的那裡……不是也很精神嗎？」

「這個……就容我不說出來了，反正都是那些常見的問題……」她再次坐回牀上。這次她坐在我腰旁的空位，故意不去看我的下半身：「但是……你面對其他女生時也會這樣嗎？你跟百多個女生交往過，跟她們上牀時……也會有問題嗎？感覺你是精力旺盛的類型。」愛麗絲說完，舌頭無意識地舔了舔下唇。

「不是人的問題，結婚前我跟露娜也沒有問題，但婚後就漸漸不對勁了。」

「沒有原因嗎？」

「我們見過性治療師，他說主要是我的心理問題。起初只是很小事，但看到露娜太大反應後我就產生了無形的壓力，這壓力又令問題更嚴重，結果直到離婚前都沒辦法解決。」我默默低下頭：「這並不是誰的錯，只是剛好出了問題，而剛好我們處理問題的方式突顯了我們不合適的地方而已。」

「所以你一直也堅持自己沒有出軌……」她的表情終於有點被我說服的感覺。

「嗯，我沒騙你們。跟妻子性事不合的確很容易令人聯想到我會出軌，加上我在網上的名聲也不好，你們會誤會也是正常的。」

「可是露娜卻說離婚是你出軌直接造成的。」

「她有具體說是怎麼回事嗎？」

「沒有，她向來對我都是報喜不報憂，所以一直沒把來龍去脈告訴我。我也是剛剛才知道……你們離婚的真正原因。」愛麗絲的表情甚是落寞，因為即使身為露娜最好的朋友，仍然沒法得知她婚姻破裂的真正原因。事實上，性生活不協調很多時是對好朋友都難以啟齒的問題，露娜不坦白也很正常。

「話說回來……為什麼露娜從來沒跟我說過有你這個好姐妹？」愛麗絲的眼睛微微

張開，幾乎可以看到她的瞳孔因內心受打擊而收縮：「啊……呃……她……沒跟你提過我……嗎？」

「沒有。」她的鼻子紅了，淚水也湧出來，滑下臉龐：「也、也是呢……始終我常常要出差，跟她的距離不知不覺也愈來愈遠了……實在是沒辦法的事。」看到她流淚的樣子，我於心不忍，馬上安慰道：「不不不，也……有提過你，只是沒有很常說關於你的事。」我盡力回想跟露娜在一起時的記憶，但沒了終端機的幫助始終很難百分百肯定她有沒有提起過愛麗絲。她有說過嗎？應該有吧？我只能肯定她沒有給我看過任何一張跟愛麗絲的合照，不然這種美女我一定記得。可能她有說過，只是我沒在意而已。

「不用安慰我……沒關係的。」愛麗絲把淚水擦去，想好好冷靜，但卻是徒勞無功，淚水缺堤般流著，她終於忍受不住，伏了在我的胸口上。「嗚……嗚哇……」那對像棉花糖的極品美乳壓在我身上，再次刺激我體內的熱血，喚醒下半身沉睡的巨龍。

分散注意力！分散注意力！隨便找些什麼來說吧！「她是有提起過你的，只是我記不起啦！可是就算沒提過也不至於傷心成這樣吧？」我明白最好的朋友沒跟另一半提及自己很傷人，但也不會像愛麗絲這樣完全失控啊？這種哭法簡直就像被賤男拋棄一樣。

「你……你不會懂的……」

「對！因為你太誇張啦！」愛麗絲繼續像個小女孩般痛哭，淚水沾濕了我的胸口，她還轉動臉頰用我的身體去擦眼淚，這……這不妙啊！

「你……你別再這樣了……」

「可、可是……人家控制不住啊……嗚……」

「你繼續下去……我也控制不住了……」愛麗絲嚇了一跳，坐直身子，回頭發現我下半身又不安分地站了起來。我馬上道歉：「對不起！我也控制不了，你真的不要再靠過來了！」她依舊可憐地紅著臉，淚水仍然在滑下，但她淺舔了嘴唇一下，用力地吞了口口水：「你……是不是忍得很辛苦？」她的音調略為提高，很是嬌柔，更進一步提高她的可愛程度。

我覺得全身的血液都充斥在下半身那一根上，像是水管堵塞的噴泉，又宛如爆發前的火山，要是不把裡面的東西發泄出來恐怕會憋壞身子。

「你不要說這種誘惑人的話啊，我會更加沒法冷靜的！」愛麗絲看著我，吸了口氣後，便用雙手把我的臉固定，把嘴湊了過來。

「唔！」劇情的轉折會不會太快了？先是嘴唇貼上嘴唇，接著她微微張開的嘴巴內伸出了濕潤的舌頭，捲住了我的舌，發出口水交纏的聲音，讓我的心跳更快了。我想推開她，但因雙手被綁著而做不到。兩根舌頭像海中的水母糾纏在一起，她貪婪地吸吮我的唾液，乳房壓在我的胸口。然後她直接跨在我身上，運動褲的駱駝趾正好落在我的鋼管上。

「唔……嗯……啊！正磨擦著……」愛麗絲說完又繼續吻我，下半身一直前後磨擦。

「我……我真的忍不住了。」這是實話。

「那就不要忍了。」愛麗絲一邊吻，一邊分神把綁著我手腕的繩結解開。雖然我不知道她突然發什麼神經，但這可是我逃走的好機會。我終於從束縛中解放，想趁這個機會把腳上的繩結也解開，但愛麗絲已經騎在我的腰上，使我沒法伸手接近腳踝。她把上衣脫去，再解開胸罩，極豐滿的乳房立時向左右彈開。我只好繼續配合，伸手去搓揉愛麗絲的胸部。啊！這種感覺真的前所未有！雖然解開腳上的繩子也很重要，但在這之前先享受一下跟她做愛的快感吧。對了，就先來騎乘位，然後騙她說要轉姿勢再解開腳上的繩就好。

愛麗絲把我的內褲脫下，可是發現我的雙腳被繩綁住而無法順利脫去：「礙事！」她臭罵一聲，便把我雙腳上的繩子都解開來了。內褲成功被她脫去，扔在牀上。我也抱住愛麗絲扭身一轉，把她按在身下。我們倆都看著對方喘息著，她更是一臉渴望被男人填滿的表情：「你知道……你現在隨時都能逃跑吧？」

「我不管了！要跑也先和你做愛再說！」男人如果下面的頭充血的話，上面的頭就會變得不靈光。這次換我像飢餓的野獸向愛麗絲的乳房咬去，那股淡淡的甜香就像在吃牛奶布丁。

「唔……啊，好舒服……我想要了……想要了啊……」她雙手環住我的背，我則一邊含著她的乳房，一邊把她的運動長褲脫去。「想要了嗎？那我就給你啊，全都給你！」我低頭親吻愛麗絲，右手則調較好巨龍的角度，往她的祕密花園頂進去！

呃？頂……不進去？

我繼續吻著愛麗絲，右手上下校正角度，但明明應該能插進去的地方卻像是撞上了牆壁般，沒法再前進半分。

「怎麼回事?」我訝異地向愛麗絲的下半身看去，嚇得瞳孔放大：「嗚哇！」我整個人從牀上摔到地上。愛麗絲看向我，那完美的身材依舊，柔軟的巨乳配上粉紅色的奶頭真是可遇不可求，然而這副天神別具匠心的女性藝術品卻欠缺了作為女性必須要有的部位。只見愛麗絲的下體，是一片光滑的肉色平面。

「我早就說過，我跟里昂他們不一樣。」

「你……你是生化人！」我以抖動的手指指著愛麗絲，她則不在乎地撥動金髮：「對，我是純腦生化人。我的外表也不是原來的樣子，所以就算你以前見過我也不會認得，這就是我不用戴面罩的原因。」

「你……你為什麼要——」我的話還未說完，大門便應聲打開，戴著面罩的里昂走進了房間之中，向我臭罵道：「你這虛偽得令人反胃的狗雜種。」

「怎……怎麼回事?我不懂啊……」我嚇得全身發抖，下體也已經軟倒了，里昂再次舉起手槍指著我的額頭：「滾回去。」我在地上退後，愛麗絲則穿好衣服再從牀上跳下來：「我給了你機會讓你選擇，在和我做愛或者逃走兩條路之間選擇。你在完全自由的情況下選擇了和我做愛，這下你應該清楚地認知到自己多虛偽了吧?」

「呃……我……我……」愛麗絲走到里昂身後，二人用鄙視的眼神看著我，彷彿兩個古代的白人主人看著黑人奴隸似的。那是打從心底裡瞧不起我的眼神，像是多看一眼就要吐了。那種面對垃圾、老鼠、蟑螂和嘔吐物的神情，直直對著我。我如同一個被剝光亮麗外皮，只剩下生命中最醜陋本質的污穢之物，使我無地自容。

「不……不對！我覺得你是在設圈套！所以才先跟你上牀，不然我就沒法逃走了。這就像是魔術師提供的選擇，不管我選哪個都是錯的！要是我選擇逃走，你們也有另一套方法試探我。」我明知道這是藉口，剛才我的腦中除了跟愛麗絲做愛外什麼都沒有，卻仍然在狡辯。

「不是，所有我設下的圈套都不過是要看看你最後的選擇。要是我沒有解開你雙腳的繩，你要取悅我再逃走的理由還算成立，可是你的手腳已經自由了，卻仍然沒有逃走。你現在不是還有個女朋友嗎？如果你真的如自己所說那麼專一和忠貞，這種情況下無論如何都不會跟我發生關係。在情在理，你剛才的選擇都說不過去。」愛麗絲平靜地、無情地把我的面具撕開：「就算要逃走，也要先和我做愛再說。這可是你自己講的。」

「為什麼……我不懂！」我激動起來，里昂搶步上前，以槍口抵在我的眉心，逼我馬上冷靜：「回牀上！」

「也不是很難懂，我們一開始的計劃是把你綁架後，讓你誤信自己正在面對身體被傷害或會被殺的困境，逼你說出真相。正如我剛才所說，我沒有完全相信你。里昂聽過你的答案後也一樣沒法相信，但我們早就有另一個計劃去驗證你所謂的『真相』。」怪不得里昂的態度會突然一百八十度轉變：「什麼疼妹妹疼到她愛的人你也愛的地步……原來是騙我的嗎……」他果然是在演戲！

「沒有，她的確是個即使自己受傷，也不想愛人因此受罪的溫柔女生。她明知離婚後我一定會找你算帳，所以一直沒有把你們的事告訴我。如果你真的如自己所說那麼專一，我也只能承認她的死跟你無關。可是現在就證明了你這傢伙根本沒自己所說那麼高尚！那麼我也沒必要原諒你這個人渣！」里昂發狂似的怒吼：「上牀去！」他扣下了擊錘，金屬子彈上膛，咔咔作響，使我冷汗直冒。我乖乖地回到牀上，愛麗絲也馬上把我的手腳再次綁好。

「你……你們相信我，這次是特殊情況啊，我平時不是這樣的！不然怎麼解釋我要被關了還堅持自己沒出軌的說法啊？」里昂冷哼一聲：「對啊，所以我也一直很奇怪，為什麼問多少次你的答案都一樣？明明她確實地說過你們分開的理由就是因為你出軌！我起初還以為你不覺得出軌有問題，但看來並不是這麼簡單啊。」他在褲袋中掏出一個小東西，那是伊甸終端機……準確點說，是我的伊甸終端機。

愛麗絲接過來，她的手指頭分裂成幾根幼如髮絲的銀針，從不同角度刺入終端機之中。嘰嘰咔咔幾聲後，她的雙眼便發出藍白色的光，在隔音牆上投影出一個虛擬畫面。「所以我們駭進你的終端機，找到內置記憶體裡的刪除紀錄。」雖然終端機只要一連上網絡就能讓伊甸園公司馬上知道我有危險，但他們的做法就像取出舊時代的電腦硬碟再拿到其他機器存取內容，當中不涉及網路連線，所以我對外界而言仍然是一隻幽靈。

「刪除……紀錄？」

「難怪你會打從心底裡相信自己對每一個女生都很專一，不曾出軌，還說什麼每次都是跟女朋友分手後才找下一個，但我們找到的紀錄卻完全不是這麼回事啊。」里昂說著，愛麗絲也把終端機內置的刪除備份檔案翻找出來：「你只是在每次出軌和嫖妓前都把記憶存取調到『全信任模式』，這樣記憶就會直接存入終端機，然後再把這些記憶刪除，就能一直當個記憶中不曾出過軌的專一情聖了。可實際上你只是忘記自己出過軌的混帳狗屎。」愛麗絲點出其中一個檔案，裡面是以第一身角度看著一個裸女，正在以傳教士體位與她性交的畫面。

「騙……騙人！我不會再被你們騙到了，這也是圈套！一定是圈套！這根本看不到終端機的主人是誰，你說他是我就是我嗎？」

「啊，讓我看看，那這個檔案如何？」愛麗絲又點出另一段紀錄，這次能清楚地看到鏡子反射著我赤裸的身體，身前則有個少女彎下身跟我性交。我感到肺部像是被巨石壓著，快要喘不過氣來。

「還說什麼靈魂伴侶，你根本從頭到尾都是個只想滿足性慾的賤男，可是嘴上說的話卻很動聽啊，真不愧是作家。」

「住……住手……不要看了……」

「不行，還有最精彩的一段。」愛麗絲再滑動一連串根據日期排列的檔案：「你跟露娜結婚前後的確有段時間變得很老實，算是改過自新吧？差不多大半年的時間裡都沒有你跟其他女人上牀的紀錄。」聽到愛麗絲直接說出「露娜」的名字，我不禁驚慌地看向里昂。他滿不在乎地說：「沒關係了，從你寧願選擇做愛那刻開始，你已經死定了。不過最後的決定權還是在爸爸手上，你就好好承認自己的醜陋、好好祈禱、好好認錯道歉，希望他會放過你吧。」

愛麗絲接著道：「你剛才說跟露娜性事不合，後來是她反應過度逼得你太緊張，才導致最後要離婚收場吧？可是最根本的問題你還是沒好好回答啊，一開始的性事不合到底是怎樣發生的呢？」她播出一個畫面，里昂隨即別過身去迴避。愛麗絲張開嘴巴，使之成為擴音器。這次的畫面是我在家正騎在一個女人身上，她便是露娜。她有點錯愕，看了看下方：「咦？唔……老公？你……怎麼了？」

鏡頭轉向，看著天花板：「對不起……可能今天太累了，狀態有點差。」

「突然之間？可是……你一向都是精力很旺盛的呀？」

「我也不知道呢，抱歉……有點累了，今天我們就先睡吧。」露娜想了想，最後親了我一下：「好吧，你也不要太在意，晚安老公。」愛麗絲冷哼道：「連這種紀錄都要刪除啊？也是呢，因為跟你虛構的故事有衝突。露娜起初明明很體諒你的情況，可是你真的值得體諒嗎？讓我們來看看這一日稍早之前，你在幹什麼吧。」她點開檔案上方的另一段紀錄，甫一打開便傳來女性的叫牀聲：「啊！啊！不行了！都第幾次了！我真的受不了啦！！！」

「也就是說，最開始會有性事不合的問題出現，是因為你那天早上跟另一個女人翻雲覆雨了好幾次，到了晚上當然沒法繼續保持平常的精力啦。」

「不……不要……再說了……」我的淚水已經湧了出來，不是因為傷心之類，而是因為要被迫直面自己最深層、最醜陋的一面。眼前所有的證據是多麼切切實實，使我沒法找到一個可以讓自己躲藏的小孔。這種赤裸裸地被迫承認自己是個人渣的感覺，讓本來想一直扮演好人的我控制不住眼淚。

「不行，我偏要說。之後即使露娜真的變得神經質，急著想你能再次跟她有正正常常的性生活，逼迫得你多緊都好，都全是你的錯。因為是你出軌在先才令你們之間的性生活不協調的。也許露娜之後的改變是因為察覺到你已經出軌了吧？可是她不想刺破你的謊言，寧可欺騙自己，相信你真的只是有心理壓力而硬不起來。她逃避你出軌的事實，希望你能盡快跟她再次有美滿的性生活，因為對她而言，只要你們的夫妻生活再次協調，也就能讓她有理由相信真的只是一時間的心理因素影響了你的性表現。」

我完全失去反駁的能力，甚至失去了語言能力，因為不管我說什麼都沒有用。愛麗絲和里昂所設的局，所提供的證據都使真正的我無所遁形。我一直想當個高尚和專一的情人，所以才自欺欺人，但對自己說謊說得太久，連自己在說謊都忘了。在以前的世代，不管怎樣說謊都好，人們只要有記憶就沒法騙過自己。可是自從有了終端機和「全信任模式」，人們可以輕易騙過自己，為自己塑造一個全新的角色。很多人窮其一生都不想再面對那個不想成為的自己，可偏偏我就要在此時、此地，承認我是個多情、濫交、出軌、傷害女生的人渣。我像斷線的木偶一樣癱軟在牀上。

愛麗絲的雙眼收回藍光，銀針也從終端機抽出來並收入手指頭之中：「什麼想找靈魂伴侶，聽到就覺得噁心。」我回想起跟愛麗絲剛見面不久時的對話。

「可是為什麼你不戴面罩呢？你就不怕我有機會逃走的話，指認你是共犯嗎？」

「我不怕，至於原因，你晚點就會知道了。」

她早就預計到我會知道她是生化人，她從一開始已經計劃好現在這一步了……還說什麼「這種騙人的事我從小到大都沒做過」，這個女人根本是天生的欺詐師。

「最後露娜還是得被迫接受你出軌的事實。從頭到尾都是你在傷害她，你以自己被拋棄的過去作為自己性濫交的理由。你本來就是個賤男，但又不想承認，所以說什麼被甩了後內心出現一個沒法填補的空洞，只要把錯都推到那個空洞上，你就不必承認自己的本質是個狗雜種。」愛麗絲的每字每句都在刺痛著我的神經，但我除了急速呼吸和流更多的眼淚外就什麼都做不到。

「連靈魂是什麼都不懂的傢伙，還談什麼找尋靈魂伴侶！」

「我、我懂的！我跟蒂花在一起時那些快樂的感覺——」

「你根本什麼都不懂！」愛麗絲在我還沒說完話時就憤怒地搶話，氣得大口大口喘氣。

里昂拍拍她的肩：「算了吧，別再為他這種人動怒了，接下來就交給哈利吧。」

「慢……慢著！」二人沒有理會我，靜靜地開門離開。房間剩下我一個無力地躺在牀上，看著天花上的白色吊燈，遲遲未能想到要是他們回頭的話，我還能說什麼。

〈第六章〉

〈伊甸園公司〉

「哥哥，你可別累壞身子啊。」妹妹在電話另一頭叮囑我要好好吃飯和休息，但我實在抽不出時間來「好好」做這些。為了別讓她擔心，我也只好口頭答應：「知道了。放心吧，撐過明天就好了。」語畢便抽了一口煙。

「你別騙我喔。」

「才沒有。對了，小羅拔還好嗎？」老實說我挺想念那個小傢伙，他今年的三歲生日會我應該是沒法出席了，有時我對於妹妹已經成為一個母親這事仍然沒什麼實感。「他好啊，我讓你們聊聊。來，是愛德華叔叔，說句哈囉。」對面很快傳來一聲稚氣未脫的童音：「哈囉愛德華叔叔！」我光是聽到他打的招呼已經覺得內心要融化了。

「小羅拔有沒有聽媽媽話啊？」煙自顧自地燃燒，灰色的柔絲在半空中晃動，直至融入虛無。「有，我都很乖的。你什麼時候要來見我啊？我很想念你！」

「我也很想念你。」算上之前的日子，我也應該快四個月沒和他見面了。「你要不要來我的生日會？媽媽說今年會有很大的生日蛋糕！爸爸還說網絡超人會過來！你要不要跟網絡超人一起玩啊？」小羅拔說得非常興奮，讓我也受他的快樂感染，嘴角微微揚起了。「抱歉啊，叔叔現在的工作很忙，沒法去了。」我又抽了一口煙，直吸入肺部，尼古丁的刺激把我的情緒從低谷稍稍提振起來。

「噢……可是我很想你也來呢。」他毫不掩飾自己的失望。

「真的對不起。不過我會讓媽媽幫我把禮物送給你啊，你要猜猜是什麼嗎？還是想要驚喜呢？」

「驚喜！」小孩子就是好哄。

「那你繼續做個乖孩子，叔叔會送你一份大禮物！」

「真的？那我現在要做功課了，拜拜叔叔！」小羅拔說完，我就聽到一連串跑動的聲音，那孩子應該是衝回房間去了。

「你果然能治他啊，三兩句就讓他去做功課了。」妹妹再次接過電話說道。

「誰讓他最喜歡我呢。」我得意地說。

「好啦，我也得掛了，他的功課不簡單，我要看著他呢。」

「嗯，知道了。」電話準備掛斷，我僅餘的快樂來源很快便會只剩下香煙。

「哪天你的工作完了，隨時來我們家吃個晚飯吧。」

「我會的，愛你，拜拜。」

「我也愛你，拜拜。」

掛線後，我短暫的快樂就此告終，嘴角也平伏下來。要是沒有他們支撐著我的小心靈，也許海倫死後我也會自殺。我在室外把剩下的煙抽完，回到室內。這裡是一座廢棄工廠大廈，位於市郊，附近幾乎沒有天使之眼，連閉路電視的數量也不多，加上大廈內部還有兩三個狀態完好的辦公室，使它成為適合進行祕密活動的好地方之一。房間內的牆上貼著幾張巨大的室內設計藍圖，雖然粗糙，但還算勉強呈現了巴別塔的內部結構。上面以大頭針固定了一條紅繩，把入侵和逃脫的路線標示出來。

中年的禿頭大叔藍尼坐在室內。他是我高價請來的巴別塔內部清潔工，以中年的低端勞動工作者而言，他的身體還是挺健碩的。順帶一提，他的耳朵沒有佩戴終端機。這三個月來最困難的不是召集人手，因為你永遠能找到想賺更多錢的低端勞動工作者；最難的是讓藍尼在上班時記下每個樓層的結構、逃生路線、防火門、後樓梯的位置、閉路電視的數量、鏡頭的角度等等。中年人普遍記憶力都不是特別好，所以必須不停訓練以加強他的記憶力，同時也要在他放假的日子於深夜開會，把巴別塔的內部藍圖繪製出來。當中最重要的自然是保羅的座位，此外就是要設計一條能避開最多閉路電視的入侵和脫離路線。

「我記得剛才已經讓你回去了，還有什麼要補充嗎？」

「不，古柏先生。我只是……有點太緊張……終於到了要實行的日子。」

「對，所有準備都是為了明天，但現在我們已經沒什麼可以做了。」我走了過去，把手放在藍尼緊繃的肩上：「今天就回家，好好洗個澡放鬆一下，聽聽溫和的音樂，睡個好覺。明天你如常上班，直到行動開始，完成你的任務就好，剩下的就交給我吧。」

「希望明天一切順利吧。對了，古柏先生不回家嗎？」

「我晚點還有其他事做，所以你不用管我，回去好好休息吧。」

「我……明白了。」藍尼站起來，跟我相擁了一下：「我知道這種合作關係到明天就完了，但很高興能參與這個計劃。」

「我也很高興能請到你幫忙。」除了訓練記憶力和重構巴別塔平面圖的部分，看到你那時的表現我可是非常不高興。

「祝願你明天一切順利。」

「嗯，你也要做好自己的工作，懂了嗎？你出了問題我就有麻煩了。」

「放心交給我吧。」藍尼有自信地說道，然後跟我道別，離開廢棄工廠大廈。同時我掏出另一部裝了太空卡的電話，致電給另外一位成員，擔任司機的萊納：「是我。你確定好明天的上班時段了嗎？」

「確定了，而且其中一個回收點在巴別塔，已經準備就緒。」

「很好。我知道你今晚九成會去酒吧結識女孩，但明天對我來說太重要，拜託你今晚不要去玩，早點回家睡覺好嗎？答應我，以你祖母之名發誓。」我必須再三叮囑每個成員好好休息，別因為什麼精神不足、生病、起不了牀之類的理由把我的計劃搞砸。而向來愛玩得日夜顛倒的萊納是個麻煩，我希望他唯獨今天控制一下那過於旺盛的性慾，待過了明天再說。

「呃？你突然之間這麼說……」

「我知道你剛下班不久才打電話給你的。我不知道你正在駕車到酒吧街還是回家，我希望不是前者。」一陣沉默後，萊納嘆了口氣：「好吧，被你逮到了。」

「那就回家去，我一個小時後再跟你視像通話，你最好別讓我看到你在亂七八糟的地方。要是你真的在家，你的總報酬就增加百分之五。如何？沒有比這更易賺錢的委託了吧？就只要你早點回家休息。」我知道自己正在獎勵萊納的錯誤行為，要是在正常的工作團隊中，做錯事的員工應該受到懲罰。如果他們得到獎勵，只會令其他守規矩的成員感到不滿，最後仿效他的行為以求獎勵。可他又不是我兒子，所有參與者都互不相識，而且這次行動後我們也將老死不相往來，所以我不介意為萊納破例一次。還是那句，我不希望冒任何風險。

「我想我能忍受一天的。」他雖然有猶豫，但我還是得到了想要的答案。

「以你祖母的名義發誓。」

「好好好，我以祖母之名發誓，我現在就回家了。滿意沒？」

「好，待會再見。」我掛線後，把手機折成兩半毀掉，收進垃圾袋中。我在手錶上設定好計時器，如無意外半小時後就輪到保羅下班了，他會花十五至二十分鐘乘車回家，我現在就得出發了。

我步出荒廢工廠大廈，踏進我的進口日本產舊汽車，向保羅的家出發。雖然我年青時沒打算當偵探，但幸好在手排車被電動車和自動駕駛車完全取代前就考到了舊式汽車牌照。想不到當初一個被外人嘲笑愚蠢的決定，現在竟然成為最實用的跟蹤技能。

新世代的汽車不管是在製造物料和內置程式，都或多或少跟伊甸雲端有連動的機制。實行天使之眼計劃前，政府已經通過法案規定製車廠必須使用不少於百分之八十的智能鈦金屬建構車身。智能鈦金屬除了能根據撞擊物件調整堅硬度，例如變軟以保護被撞到的路人或是變硬保護司機，還有便於電子偵測的特性。另外，伊甸園收購了所有開發自動駕駛程式的科技公司，把人工智能統一管理，所以如果車內有自動駕駛功能基本上也等同處於伊甸園的監視之下。

幸好我們活在一個自由的國家，即使電動車的耐用性、加速度、安全性、方便性和價格因素都比傳統汽油車好，馬路上仍有大約三成傳統車的身影。由於傳統車子的牌照考試已經在十年前取消了，所以我們這班中年人死後，大概三四十年，傳統汽車應該就會在路上絕跡。

傳統汽油車帶給我的優勢是，伊甸園無法全天候監控車子的位置、開車的時間、停泊的地點和時長、前往的地方等等。一般專業的犯罪者都會用舊式車子犯案，作為非法活動的運輸工具，由於沒法實時監控，所以即便在市中心犯案，執法者永遠只能在事件發生後才能從天使之眼的片段中找尋目標車輛，犯罪者就能領先一步。在犯罪世界領先執法機構一步已經是極大的優勢，好好利用的話絕對能使本來不可能的任務變為可能。

我率先來到保羅的住宅區，如果是其他人實行綁架計劃，一定會覺得這一區是個倒霉的地方吧？因為有一根天使之眼立在距離保羅家門很近的街上。但走運的是這附近的天使之眼相距較遠而且是舊式的機體。在兩根監視燈柱中間下車的話，拍攝出來的影像相對模糊，還有兩個鏡頭被鏡頭框架所限，會出現足以容納一個成人的盲點。只要做好資料蒐集和調查，總能找到死角的位置，不過一般人不會做到這個份上，所以伊甸園也沒必要花錢處理盲點問題。如果保羅是住在近兩三年開始安裝天使之眼的街區我就麻煩了，那裡的天使之眼不單沒有死角還是超高清鏡頭，綁架什麼的我根本想都不用想。當我跟中本里志談到實行綁架計劃時，他就問過：「如果保羅不是住在舊街區又如何呢？」

「我記得我說過自己是個會做足萬全準備的人，真正的萬全準備不會依賴運氣。」然後我再解釋，早在我到巴別塔大鬧一番之前已經對目標做了詳細的調查，當然包括他住在哪裡，以及短期內會不會和有沒有能力搬家。保羅還有五年房貸未還清，而且跟附近的鄰居關係很好，短期內應該是不會搬家的。在這個被天使之眼監視著的都市裡，真正的死角其實是保羅。

一開始最花時間的工作在於找尋符合條件的目標，在此之前我已經跟蹤過六七個人了，可是全都不適合。直到我跟蹤保羅時，發現他是個會給乞丐錢的人，我就開始更專注於他身上。保羅不僅是備份部門的高級主管，連家都座落在舊式天使之眼監視的住宅區，加上熱心助人的性格，所以我馬上鎖定他，進入下一步，也是最費腦汁和精神的階段。

我每隔一段時間就得想出新方法跟蹤保羅，因為終端機會提醒主人附近有突然連續出現的不正常環境變化，所以我不能每次都以同樣的方式尾隨他上班和回家。當然，機體對環境偵測的敏感度是由主人調校的，通常女性會把敏感度調高以提防跟蹤狂和色狼尾隨，男性則不太在意這個功能的敏感度，除非住在較落後和危險的區域。然而我沒法讓這個計劃暴露在任何風險之下，小心永遠駛得萬年船。也許保羅身居要職須要時刻警惕環境危險，而把敏感度調高了，誰知道呢？我沒法得知確切的數值，所以只能在資訊有限的狀態下做力所能及的萬全準備。

有時我會親自尾隨、有時搭交通工具、有時駕車、有時控制小型清潔機械人、有時戴上面具、有時聘請另一些偵探……總之每一次跟蹤保羅都要逐點蒐集他的個人情報，比如性格和生活習慣；上下班路線在正常情況和突發情況有什麼分別；他生病時會到哪間診所；他跟朋友去玩時到哪家酒吧；到便利店買煙時跟店員熟不熟絡；抽煙的牌子；何時買新衣服；喜歡和討厭的食物；特別日子會跟妻女如何慶祝；什麼時候吃早午晚餐等等，我全都要知道。

這些情報一方面是用作純生化人的行為參考，雖然替換真正的保羅不過一至兩天的時間，但我仍要盡量收集多點相關資訊好讓生化人能應對不同情況。另一方面則是要確保自己能一擊即中，找到最能打動他的情緒並誘導他幫忙的方式。我早就知道保羅那天有上班，也知道那個時間他習慣在大堂閒逛放鬆一下心情，再加上那熱心助人的性格驅使，在看到我的慘狀後他一定會忍不住多管閒事。從他過來問有什麼能幫到我的那刻開始，這場仗我已經贏了一半，一切的努力也總算沒有白費。因為要是沒有他，我也沒有籌碼跟中本里志談計劃的下一步。

正因保羅是個好人，這個計劃只需要偷天換日就好。希望他能在不知情的狀況下被我利用完就回家去，繼續如常生活，彷彿什麼都沒發生過一樣。我把車子停在盲點，開始調製我的「特別飲料」。保羅也駕車回到家中，現在我的工作就只有耐心等待了。趁著空檔，我用太空網絡卡連到 VPN 後以視像通話致電萊納，他很聽話地留在家中，我也答應他會提高報酬。順帶一提，以防萬一我還是聘請了一個對計劃完全不知情的打手守在萊納家外，以防他先回家應付了我後再偷溜出去，所以我只要讓他先回家就能確保這個晚上不會有問題了。

我靜靜地在大街上等待，直到手錶的提示音響起，代表保羅跟他的家人吃完晚餐，他的妻子正在收拾餐桌和清潔碗碟，十分鐘後保羅便會出來丟垃圾。我撕了兩小塊面紙揉成兩團小球後塞進鼻孔內，戴上沃特的人皮面具、口罩和墨鏡，把大碼衣服直接穿在外面，套上連衣帽，然後把幾口「特別飲料」倒入空的啤酒瓶，帶上最重要的接觸式小型干擾器，計算好時間並留意著屋內的動靜。

保羅的家與丟垃圾的空地有一段距離，而我則要在他丟垃圾後吸引他過來天使之眼的燈柱之下。這時他的家門終於打開，沒有佩戴終端機的保羅提著黑色的垃圾袋步下玄關的樓梯。我下車，走到天使之眼的正下方，一手按在燈柱上，彎身裝成醉漢。與此同時將掌心內的干擾器貼在燈柱上，我早已經為自己的手指塗上透明指甲油，所以不會留下指紋。然後我把臉上的墨鏡和口罩脫下來，不過為免被拍到還是一直低下頭。口罩和墨鏡能確保剛才走來燈柱下方時我的臉不會拍到，而就算拍攝得到，也不過是我的人皮面具臉，加上戴了帽子也沒法從耳朵的輪廓推測我的真正身份。我要做的不是讓自己完全成為一隻幽靈，而是混淆執法人員的視聽，使他們要花更多時間搜查相關線索，每賺取多一秒時間就使計劃的成功率增加一分。保羅拿著垃圾袋，跟我的距離愈來愈近，我也準備好要表演一番了。

「嗚！噁！」在保羅丟完垃圾後，我就先裝作喝了口啤酒，再把嘴中的「特別飲料」吐出來，那飲料大概就是壞了的咖啡牛奶混合西瓜和即食麵渣滓的東西，完全模仿了嘔吐物的樣子。老實說，光是含在嘴裡已經讓我真的想吐。我吐出來後，狀甚痛苦地低嗚，倚著燈柱咳嗽，引來了保羅的注意。他帶戒心地慢慢步近：「先生？你還好嗎？」

「咳咳咳……沒……沒事……」我友善地回應，讓他知道我不是個奇怪的瘋子，而是普通人。以保羅的性格，他百分百會過來看看有什麼能幫到我。

「有什麼我能幫上忙嗎？」看吧，全中。

他跟我的距離大概有兩三個身位，我伸手裝作掩著不適的肚子，實際上卻是把手放進外衣口袋中把干擾器的遙控開關按下。吱吱兩聲後，這根天使之眼會出現大概一分三十秒的故障，廢了其監視和監聽功能。這種情況在舊機體上不時發生，明天早上會有維修技工前來檢查。而當故障次數達到每個月一次的話，伊甸園就會考慮重新評估該區的天使之眼是否須要更換成新型號。

「保羅！是我！我拿到警方的紀錄了，沒時間解釋，你快跟我到車上去！」我脫下帽子，馬上說：「我是沃特，三個月前想拿備份影片那個老師！」保羅先是一愕，然後很快就想起來：「啊，懷特先生！」

「是的，抱歉我要裝模作樣，因為我不知道有沒有警察監視我。先上車吧。」我指一指自己的車，保羅一臉驚愕，也許是被嚇到了。我沒多想，一手回收燈柱上的干擾器，另一手則拉著保羅到我的車上。好，成功在一分三十秒內把保羅帶上車了。

「呼，抱歉，我今晚可能會阻你不少時間。」

「啊？怎麼回事？」

「我已經拿到備份。」我拿出一隻USB，但裡面其實是空的：「警方的備份就在這裡，能請你帶我到公司去做比對嗎？我沒時間了，我得在這個晚上就抓到他們的把柄，不然我就大禍臨頭了。」超科技世代的人記憶力太差，現在保羅沒有佩戴終端機，不管我說什麼他在醒過來後都不會太有印象。

「啊……我大概了解情況了，現在也不是我可以問來龍去脈的時候吧？不過我的終端機和工作證都在家裡，抱歉，我要先回去拿。」

「不要！」我很激動，抓住他的肩，盡量不讓他的大腦冷靜下來：「你不能用正式的方法進去，不然這個時間很惹人懷疑，我不想留下什麼證據讓你跟我扯上關係。你是個好人，我不能連累你！所以我早就想好溜進巴別塔的方法了，你電腦的密碼之類我猜你應該記得吧？」

「呃、是的，但我不能保證……」

「不要緊！到時不記得就問一下老婆吧，你們應該互相登記了終端機的緊急聯絡人生物認證吧？」

「這是有的。」

「好，我們現在要出發了。啊，我們也得讓你家人遠離這種事，你先打個電話跟他們說要去超市買點什麼吧？隨便編個理由就好，總之別讓他們懷疑你為什麼丟個垃圾會消失那麼久。」從保羅的表情可知他明顯還未回過神來，他進入了催眠學提到的能量最低點，這時的人類由於面對平日不會接觸到的突發情況，很多時候大腦都是一片空白的，而我只要給予清晰的指示，對方基本上就會照著指示去做。

「我、我明白了。」他說完便拿出手機，整張臉都是騙子最喜歡看到的樣子，他現在完全無法思考，短暫成為了對我唯命是從的奴隸。他跟妻子交代說家裡的日用品快用完，所以要去超市購物，大概一個多小時後回來。感謝科技發達，光是拿了手機出門就能付款，他即使不回家去拿錢包也不會惹人懷疑。

我扭動車匙，起動引擎，冷氣經過車內香薰機吹出。我腳踏油門，開車出發。車子從住宅區的小路駛出大路，而保羅的大腦也應該慢慢冷靜下來，開始回復理性。而那理性的觸發點，就在遇到分岔路口時，我拐向了右邊。

「咦？巴別塔應該是往左……邊……的……」如我精準的計算一樣，剛才駛出住宅區到第一個分岔路口大約五分鐘的時間，保羅吸入了香薰機噴出的氣化麻醉藥後，藥效剛好發作，讓他回復理性的時候也隨即步入夢鄉。我把盛了含有麻醉成分精油的香薰機關上，並把我的人皮面具脫下，再噴出塞在鼻孔內的小紙團後，便打開了車子後座的窗戶通風。

接下來就是簡單的部分，把昏睡的保羅運到賽博格公司，再把他的腦波複寫到電子腦上，前期最關鍵的準備功夫就完成了。過程中那兩個小時的空檔內，我也不能閒著，先用純生化人的指紋解鎖保羅的手機，然後駕車到他家附近的超級市場買了一堆日常用品，確保電子發票的時間不會引來他家人的懷疑。誰知道他的妻子會不會檢查呢？還是小心為上吧。

我帶著兩大袋日用品回到賽博格公司，腦波複寫已經完成，中本里志為我帶來了跟保羅一模一樣的電子腦生化人。

「期待你明天的表現。」

我帶著保羅回到他家附近的超級市場，讓他徒步回家。保羅在回家後開始演出我給他的劇本，對家中的馬桶動手腳。凌晨時分馬桶便會開始漏水，清晨時保羅的家就會被一片咖啡色淹沒。如此一來他就有理由致電回公司請半日假。

翌日早上，保羅致電廁所技工前來修理馬桶和去水道，我則告訴藍尼和萊納在各自的崗位準備好隨時行動。午餐時段，保羅把餘下的瑣碎事交給妻子處理，自己則乘車上班，這時他的終端機還未啟動。而他當然不是直接上班，因為他沒法通過大堂的檢查閘機。他以硬幣付款乘坐公車前往市郊——他、萊納和我的集合點。

萊納駕駛的垃圾車根據日常的工作路線走，現在到了市郊的電子廢料工場。這種位於市郊的公司對保安的標準很低，尤其是垃圾場的部分，基本上處於監視真空的狀態。我完成變裝並跟保羅碰面後，馬上帶他到垃圾場的綠色長方形滾輪垃圾桶，我們屈曲身子跳進去，電子廢料的一些堅硬菱角硌得我發痛。保羅見狀便主動躺在下方，雖然這個滿是同性戀味道的體位讓我有點尷尬，但考慮到保羅只是個生化人，而我又不用被電子廢料刺得渾身是洞，所以也沒再特別在意。

早在我鎖定保羅為目標時，我已經安排了萊納預先加入清潔德公司，因為當時我就想好了入侵巴別塔的方法，要實行就需要在清潔公司有內應，而我不希望在行動前一個月才把內應安插進去，這就太明顯了。

萊納少說也做了半年垃圾車司機兼回收員，他也用自己的方法慢慢誘導部門主管在安排他的回收路線時加入巴別塔這個目的地。怎樣做我才不管，我只管付錢，而他則只管把我的委託做好。萊納把垃圾車停好，將藏了我和保羅的長形垃圾桶推入車後的貨櫃中，這樣就避過車子後方的攝錄鏡頭。我和保羅走出垃圾桶，萊納則把它放入貨櫃內的垃圾分類機，大約十分鐘後便把一個乾淨的垃圾桶推回去電子工廠。與此同時我和保羅則轉換藏身地點，躲進貨櫃內的備用垃圾桶。

不要以為在超科技世代有什麼新技術把垃圾分解、回收或是再造成有用物料，目前的技術還是只能做到以機器把垃圾精準地分類而已。主要是先分成固態和液態廢物，再將之分成可回收或不可回收、可燃或不可燃。一百年前人們已經在說著支持環保，直到研發出純生化人這種本應在科幻電影才有的技術的今天，仍然沒有一項跟處理廢物有關的顛覆技術。這也是理所當然的事，因為垃圾是不同廢棄物的統稱，種類極為多樣，而且難以轉化。如果想將垃圾轉化為某一產物的原材料，就必須先把它們分解、提煉，組成一種新物質，而這種技術研發完全是吃力不討好的，須要投放大量的資金，但也難以有一個適用於所有垃圾的完美方案，所以幾乎沒公司和商人會在處理垃圾的新科技上燒錢。

萊納駕車往下一個目的地出發，在市郊走多一個回收點後就順著公路回到市中心，到科技街的巴別塔去收集伊甸園公司的垃圾。一百年後的現在，人類仍然在使用堆填和焚化的方式處理垃圾。無疑，社會上多了生化人後一般垃圾的數量下降了百分之三十，因為他們吃的用的都比一般人類少，但實際上電子廢料的數量卻是幾何級倍增。光是一個廢棄生化人便會產生等同一百部廢棄電腦的廢料，終端機的情況也好不到哪裡去，這已經是賽博格和伊甸園把所有可用部件回收後的數字了。廢棄的晶片和電路板沒法重用，講求零件精密度和產品質量的終端機和生化產品上更是如此。就算要求現在有供有求的科技公司從源頭減廢也是不可行的，因為這等同讓他們減少出售自己的產品。所以賽博格和伊甸園雖然互相競爭，但在敵視環保團體和投資網絡宣傳上潛移默化地灌輸「不環保也沒什麼」的概念給大眾這兩方面，兩者倒是很有默契。

即使到了超科技世代，人們都仍只專注在創新科技和生產商品，沒有人在意源頭減廢和垃圾回收。正因如此，巴別塔內最被輕視、保安最鬆懈的地方便是垃圾收集區。在他們眼中，那裡只是個處理垃圾的地方，還能出什麼差錯？他們對垃圾和處理垃圾的場所的輕視，造就了我入侵巴別塔的可能性。對於中本里志這種科技天才而言，他的專注點自然不會像我這種凡人般落在垃圾之上。專注點不同，也代表思考角度不同，想出來的解決方法自然大相逕庭。情況就像超世代的人沒多少個會記得「跟人溝通」這個概念除了傳訊息、視像通話、語音通話、實境接觸外，還有寫信這個選項。它雖然一直存在，卻幾乎被所有人忽視。舊時代的人一定沒法想像現在會有成年人在網上問道「如果我的朋友到了沒網絡的國家工作，我要怎麼跟他保持聯絡啊？」這種以前的小學生都知道答案的蠢問題。

轉眼間，我們便來到巴別塔，垃圾車在停車場倒車進入垃圾收集區。清潔工們每日會在午餐和晚餐時間過後清理巴別塔大樓內的垃圾，現在則是午餐後清理垃圾的時間。五個清潔工推著銀色直立式垃圾桶步出，垃圾桶的設計很時髦，彷彿用了蘋果 MacBook 的外殼製成，高度跟成年人差不多，能讓兩個成年人屈身躲進去。整棟大樓的員工少說都有幾千個，所以才需要這麼大的垃圾桶，也成了我和保羅的藏身之處。清潔工逐一把垃圾桶推到車上，接著在車旁閒聊和抽煙，待萊納完成他的工作。雖然我現在看不到，但外面的情況跟我之前多次實地考察看到的不會有太大分別。

萊納正在把垃圾桶逐一推入分類機，分類機運轉起來時發出「隆隆」聲。他從貨櫃入口探頭看出去，見清潔工都分散在一旁閒聊著，就打開備用垃圾桶的蓋子。

「好，行動。」我和保羅把握時間一起走到銀色垃圾桶旁，保羅先進去，我則在上面，腳踩著保羅的臉，幸好他沒痛覺。我們藏好後，萊納便把垃圾桶推到最外面。過了不久，垃圾的分類完成，萊納便從貨櫃下來拍了拍手。一旁的清潔工見狀也知道分類完成，開始上車把垃圾桶推出來。當中藍尼是第一個，他馬上把我們藏身的垃圾桶推走，而我已經感覺到我們正在移動。

對安裝在車子後方的監視鏡頭而言，一切都是如此尋常。它只會拍到一個又一個垃圾桶跟平常一樣進進出出；對垃圾處理區的天使之眼而言也一樣，它只會拍到垃圾桶被推進了垃圾車的貨櫃之中，清潔工再把垃圾桶推回大樓內。幸好藍尼本來就夠強壯，加上垃圾桶的滾輪也可以調至電動模式，即使裡面藏了兩個人還是能以正常速度把垃圾桶推走。如果未來連垃圾桶都完全自動化，我的方法也就無效了，但這種情況至少現在尚未發生。這要從清潔工作說起，因為多先進的清潔機械人都沒法像人類那樣仔細和精準地清潔角落、狹窄或隱蔽的位置，所以絕不使用生化人的伊甸園就必須聘請清潔工人。既然已經有工人可以完成清潔和運送垃圾桶的工作，為何還要花錢投資在新型垃圾桶之上呢？即使全自動的垃圾桶除了能節省請工人的成本外，還能賣給其他大公司賺錢，但正如我剛才所說，超科技世代的企業家和發明家從來沒把焦點放在跟垃圾相關的技術開發上；再者，清潔工也不過幾十人，薪水的支出對伊甸園這種大公司而言根本不值一提，但投資開發要用到的資金呢？那又完全是另一回事了。

藍尼推著垃圾桶把我們帶到升降機裡，不久便進入辦公室樓層，能聽得到藍尼跟其他員工說：「不好意思，請讓一下路。」他推著我們走到走火通道的樓梯口，伸了個懶腰：「唔～」暗示我們到達目的地。他安置好垃圾桶後便繼續到其他樓層去工作。逃生樓梯間只安裝了一個閉路電視在角落，始終這裡沒位置再安裝一根柱子，所以機體的型號並不是天使之眼，只是普通的高級閉路電視。雖然連上了伊甸雲端，但性能跟天使之眼相比還是差太遠了，用一般的遙距式網絡訊號干擾器就能令它畫面短時間定格或出現雜訊，之後一切就簡單多了。

我開啟干擾器後便推開垃圾桶蓋跳出來，也把保羅拉了出來。他同時佩戴好人類保羅的終端機。地上有藍尼在離開前「不小心」掉下的工作證，我拿起來拍在電子鎖上，開門，再把它掉回地上。要是不這樣做，我們打開防火門時便會驚動大樓的火警系統，那就麻煩了。走出防火通道後，我關掉干擾器，保羅則在前面帶著我走。藍尼那邊會被另一層樓的閉路電視拍到他「發現」自己掉了工作證，於是回到剛才的樓層撿回那張工作證，繼續工作，他的任務也到此結束。保羅的電子腦中有我繪製的巴別塔內部構造圖作參考，而且我也標示了他的座位在哪，所以他能毫不猶豫地直往自己的位置前進。

「咦？保羅？你什麼時候回來了？這位是？」

「啊，回來一陣子啦。這位是之前要求想看看備份影片的懷特先生，詳情請看看之前的紀錄吧。他太可憐了，我不幫忙一下良心過意不去呢。」保羅如同真身一樣跟同事對答著，而他按了一下自己耳朵上的終端機，開機之餘也把三個月前跟我的對話傳送給同事。在他開機的時候，生化腦已經把終端機今早的紀錄更改後上傳到伊甸雲端。本來保羅從起牀到潛入公司期間，終端機的紀錄都是一片空白，但他把今早的紀錄改成了在家處理完事情後出來跟我見面，再一起回到公司。那同事看完我跟保羅的對話都很同情我，說為我的遭遇感到抱歉。

接著我們終於到了保羅的座位。終於要來了，保羅開啟電腦，進入天使之眼的備份管理內聯網。有了終端機的幫助，所有密碼都形同虛設，我們如入無人之境直搗黃龍，取得了海倫死前獨自去市郊區的紀錄片段。這部分跟警方在死因庭上呈送的片段沒有分別，而到了市郊後不知為何海倫就消失了。我本想讓保羅檢查一下紀錄有沒有被修改過，但我根本沒法找到是哪個範圍的閉路電視紀錄有問題。我們能留在此處的時間只到晚餐後的垃圾回收時段為止，到時我們就得以同樣的方法離開巴別塔，所以沒時間逐個閉路電視去查。

既然如此就得從其他方向入手，我想知道海倫自殺的更早前發生了什麼事。那個晚上，海倫待我睡了後獨自離家，是什麼導致她主動出門呢？她沒有佩戴終端機的習慣，而我家的電話紀錄也沒查到可疑的新號碼，這種情況下正常的推斷自然是她突然心血來潮出門去。警方因此認為海倫就是突然想自殺了，才會突然出門，可我卻不這麼認為。我覺得她是受到兇手的誤導後出門去，先被綁架到廢棄公寓裡殺害，接著才被偽裝成自殺的樣子。可是兇手一開始是怎麼接觸她的呢？

啊，慢著，既然電子紀錄沒有不對勁，那就看看實體紀錄吧。「跟人溝通」並不是只有電子化的形式，那種一直存在，卻幾乎被所有人忽視的舊時代通訊方法也許才是我調查的切入點。

「麻煩你，調到大街的天使之眼，在搜索欄輸入『郵差』。」保羅依言照做，果然不出所料，海倫收過一封信，但她不曾告訴過我相關的事，很可能是她在讀完信的內容後就將之燒掉，不留痕跡。在幾乎九成書面通訊都轉換成電子形式的超科技世代，還會寄信的人已是少數，但仍有這種服務可供選擇。

「可以追蹤這封信嗎？」順著郵差的個人資料，我們找到了他當天負責配送的信件號碼，也找到了寄給海倫的信。畫面調到收到信件進行登記當天，一個巴基斯坦裔的人寄出這封信，而他並沒有佩戴終端機。一看就知道只是受聘完成工作的人，並不是兇手本人。兇手為了殺海倫，不惜先聘請黑市勞工幫忙寄信……為何要如此大費周章？

「追蹤他。」由於那巴基斯坦裔人士沒有終端機，而且也不是住在市中心，被天使之眼拍到的紀錄少之又少，所以只能連上伊甸雲端看看市郊和舊街區的閉路電視紀錄。幾經辛苦終於找到他在紅燈區跟另一個少數族裔交易的片段。然而之後再怎麼追蹤，都沒法找到聘請他們的幕後黑手。

一般來說，如果要聘請非法勞工暗中幫忙，都是由出資人先找到中介人，再由中介人把任務分發出去。那麼中介人一定以某種形式接觸過出資人，而出資人不可能是住在貧民區的，所以找出中介人後就能用天使之眼鎖定、追蹤他。但不管怎麼看，都是少數族裔之間在不停交易罷了。

「他們付的是現金……我要知道現金是從哪間銀行取出來的。」可惡……如果只是一般的兇殺案才不會這麼麻煩，到底海倫跟什麼陰謀扯上關係了？我和保羅仔細地看著天使之眼的紀錄，卻沒有看到是誰首先接觸到那筆現鈔，市中心和市郊的銀行分店少說都有數千間，根本是大海撈針，我們沒時間慢慢去查。目前找到的線索都沒解答過任何問題，反而徒增我的不解。

既然沒有新線索，只能重看舊線索檢查一下自己有沒有看走眼。我和保羅再次調出海倫自殺當晚的畫面，以兩倍速快進再看。

「慢著。」幸好多年來當偵探的技能和直覺都磨練得爐火純青了，我自動把新線索和舊線索合在一起思考，看看有沒有新發現：「把剛才寄信的傢伙這一晚的畫面調出來。」保羅敲打著鍵盤，把兩個畫面放在一起，我終於發現了在老舊街區，那個巴基斯坦裔男人在經過一個閉路電視鏡頭後，就沒在應該出現的範圍內出現。稍早的時間，海倫也應該在這裡附近才對。作為偵探，我不相信巧合。

他們兩個一起在舊街區的指定範圍內消失了，二人的路線有一個交叉點，而在交叉點的閉路電視畫面卻空空如也。在我看來不是監控鏡頭拍不到，而是拍到的紀錄被修改了。我伸手指敲了保羅的大腿三下，這是我們的暗號，暗示他：「幫我檢查修改紀錄。」這裡可是敵人的陣地，不能明目張膽地把這命令說出口。

保羅點點頭，開始在鍵盤上打入一連串我看不懂的電腦程序碼。這個步驟人類可能要花很多時間，但保羅是生化人，電腦程序碼就是他的母語，所以編寫和理解當中的意義都比人類更快。轉眼間，他就找出了第三個畫面，只見老舊街區的幾個閉路電視都出現了海倫的身影。

我的瞳孔猛地擴張。那個巴基斯坦裔的男人從暗角走出來，以手帕掩住海倫的口鼻，把她弄暈後便拉著她上了一輛破舊的傳統汽油車。如我所料，伊甸園果然是幕後黑手。保羅看向我，指了指熒幕上其中一行文字，上面寫著：「複寫權限：VL」。我不禁咬緊嘴唇，「VL」，就是文森．拉羅，伊甸園行政總裁的簡稱。

〈第七章〉

〈哈利〉

戴著面罩的哈利步進房內，把地上的大小便工具拿了出去，再走進來雙手抱胸地看著萬念俱灰的我。

「怎樣？你是不是要殺了我？」我冷冷地問道，現在已經什麼都沒所謂了。自己的面具被硬生生撕破後，確實沒法再厚臉皮地活下去。本來我早在二十年前就想死了，現在更沒有活下去的資格，所以……給我一個痛快吧。「你們都是想我死而已，那就來啊，快點動手，不要再折磨我了。」我現在終於懂了，他們從一開始就不是要我肉體受罪，而是要摧殘我的心靈。

哈利看著我，搖了搖頭：「愛麗絲只是我們設的一個局，如果你的本質是專一的好人，我們根本就沒法折磨你。色字頭上一把刀，你沒聽過嗎？」

愛麗絲……愛麗絲……全是那個女人……「說到底，你女兒死了又關她什麼事？就算是好姊妹也不會做到這個地步吧？為什麼她會這麼痛恨我？」相比起讓我受皮肉之苦，愛麗絲設下的圈套狠毒太多了。她雖然一直裝作友善，但實際上她對我的恨可能比哈利他們有過之而無不及。

「因為她不僅僅是露娜的好朋友，她一直愛著露娜。對，情侶那種愛，不過是單戀。」哈利說著，按摩了自己的腰幾下，走了過來。我被他的答案嚇呆：「她……愛著……

露娜？」

既然你沒想過認真愛她，為什麼不把愛她的責任留給我們？原來這句話對她而言還有另一層意思。

「抱歉，老了，不介意我坐下嗎？」

「可、可是露娜知道嗎？她也不曾跟我說過有個單戀她的好姊妹啊？」我無視了哈利的問題，他也當作我答應，緩緩坐到牀上。

「露娜曾經知道，後來忘記了，我後來再告訴她的。她怎會特地告訴自己的愛人有好朋友喜歡自己啊？」

什麼意思？

見我露出疑惑的表情，哈利繼續解釋：「她們還小的時候，愛麗絲曾經向她表白過。後來因為意外令露娜失去了記憶，所以我再告訴她，愛麗絲是個同性戀者。」如果真是這樣，那麼她聽到我說露娜從來沒有提過她時的情緒失控就合情合理了。自己一直愛著、守護著的好姊妹原來沒跟丈夫提過自己，那的確是會讓人痛哭流淚的事。

還有她說的靈魂伴侶原來就是露娜，所以她跟我結婚後，愛麗絲的內心也多了個空洞。

「但……為什麼你要告訴露娜？」

「因為我要露娜對愛麗絲產生厭惡，我可不想自己的女兒也變成同性戀。」真是病態的父權思想，我不禁在心中臭罵。

「可是如果露娜最後還是喜歡愛麗絲呢？」

「就是為了除去這個可能性，我才早早就把愛麗絲的性向告訴她。『她可是同性戀，所以你不要真的把她當成好朋友。』當時我大概是說了類似這種話吧。」

「哼，你這樣對愛麗絲，也真虧她現在還會跟你合作啊。」

「因為我們都有共同的敵人，就是你啊，阿祖。」哈利嘆了口氣：「我也是在露娜死了之後，才從愛麗絲口中得知自己的女兒跟一個作家祕密結婚了。作為父親，沒有比這更丟臉的事，可一切都是我咎由自取的。女兒死後我才學懂不能過度監管她的感情生活，我真是沒資格當父親呢……」哈利低下頭，吸了吸鼻子。

「對啊，你沒資格。」

哈利看向了天花板，靜靜地道：「我是一個很嚴厲的父親，現在我得承認自己是到了病態的地步。妻子因病去世後，我就把露娜和里昂看得比自己的生命更重要。里昂向來是個堅強的孩子，而且他是哥哥，要擔當保護家人的角色。要是我對他過分保護，將來我死了，又有誰來成為露娜的避風港呢？所以我對里昂很嚴格，我要他當個獨當一面的男人。相反露娜是女孩，小時候已經愛哭，我更希望她能當朵溫室的小花，最好永遠不要接觸險惡的世途，萬大事都由爸爸和哥哥扛著，做一個簡單而幸福的女人。」

他頓了頓，便把臉上的面罩脫了下來。哈利是一個隨處可見，地中海禿的白髮老翁。

「可是這個世界上最傷人的就是愛情，而人們總是會被吸引去玩這個最終會受傷的遊戲，不是嗎？要是你愛的人不愛你，你會傷心；你找到相愛的人，但對方比你早一步離世，你還是會傷心。既然如此，何必去愛呢？然而戀愛是人的本能，我沒法阻止露娜愛上別人，我只能盡力讓她愛的人是高質素的男人。可是我……也許是矯枉過正了，對露娜的交往對象太過挑剔，有時甚至是過分地刁難他們。你沒法要求一個中學三年級的男生有車有樓吧？就算是性格很好的乖孩子，還是會被我的壓力嚇怕而跟露娜分手，漸漸地，她就不再告訴我談戀愛的事了。」哈利沒有看我，雙手交握抵在下巴繼續娓娓道來：「但我還是能發現一些蛛絲馬跡，當中我印象最深的，是二十年前她很迷戀一個筆名叫『火呆人』的作家，那是你二十年前的筆名吧？」

怎麼回事？露娜在二十年前已經是我的粉絲嗎？雖然已經是年代久遠的事，但我還是對自己出道時的筆名有特別深的印象。後來我為了改變形象和嘗試新的寫作風格用過很多不同的筆名，有些早就忘了，但「火呆人」是我永遠不會忘記的。

「我當時並不知道是你。不，直到剛才為止我都未能把顯然易見的線索連起來。不過這方面你也跟我不相伯仲。」

我也開始糊塗了：「你……在說的是露娜吧？」

「是的，但為了讓你更清晰，這麼說吧，我是露娜的爸爸，也就是蒂花的爸爸。」

喔，蒂花的爸爸嗎……什麼？

「你……你在說什麼……」我的心跳猛地加速。

「你懂的，你害死了我的女兒兩次。」我開始喘不過氣來，他到底在說什麼？「我不懂啊，你不要胡說八道！」我覺得自己的大腦神經就像揉成一團塞入背包幾天後再取出來的耳機線，一團糟。

「我是蒂花的爸爸。」只覺得本來空白一片的腦袋又再次被核彈炸開來。

「嗯，很好的表情。相比肉體上的折磨，心靈上的折磨能持續更長時間、更震撼，彷彿永遠揮之不去的夢魘。沒有什麼懲罰比這更適合你了，讓你這個偽君子看清楚自己是什麼人後，打從心底裡覺得自己噁心吧。肉體上的傷害終會消退，心靈上的傷害卻會一直纏繞著你，直到死亡那一刻。」哈利平靜又滿意地說著：「愛麗絲和里昂已經讓你看清楚了自己的一部分，可是還沒讓你看到自己最醜陋的核心。不過他們也幫我把所有拼圖湊好了，所以就由我來為你拼出那有意義的圖案吧。」我能想像到哈利把一片片拼圖湊在一起讓我看，完成品將會是一面鏡子，映照著我如狼似虎、面目猙獰的臉。

「我沒法相信你的說辭……什麼露娜就是蒂花，你們幾個謊話連篇，我已經受夠了。這些話九成又是在設圈套引我上當的。」

哈利繼續衝擊我的世界觀：「你就即管不要相信吧，我說的都是事實，是一切的真相。如我之前講的，你必須面對自己醜惡的內心。你一日不知道整件事的來龍去脈，你就沒法悔恨終身。」

「你……閉嘴……不……要說啊……」我有不好的預感，總覺得哈利接下來要說的話會把我的靈魂整個毀掉。

「我就繼續說了。二十年前，你要到台灣交流，蒂花當時犯了個錯誤。她因為太愛你，而害了自己。」

我的神經被挑動起來，馬上動怒：「說什麼蠢話！什麼太愛我！？蒂花才是拋棄我和出軌的那個人，受傷的是我！一蹶不振的是我！之後痛苦得一次又一次自殺不遂的人也是我！你還說什麼她太愛我？我才是受害者啊！」

哈利搖搖頭：「不，你們兩個都是受害者。年少無知，就是這麼回事吧。」

我的內心一陣躁動，可是又很好奇哈利之後到底會告訴我什麼。難不成……就像我這二十年來一直留在心底的願望一樣？我終於可以得知，二十年那段戛然而止的戀情的真相？

「她當時未能適應遠距離戀愛，結果出軌了，這是真的。一開始她傷害了你，這點我為她向你道歉。但蒂花已經得到報應，二十年前的一切你們已經扯平了。」我靜靜看著哈利，忍不住嚥了口口水。

「蒂花沒想過自己那麼愛你，明明是她甩了你，是她出軌，她理應不會覺得傷心才是。可最後她才發現自己沒法放下你，不過你已經封鎖了她所有的聯絡方式，所以她也未能找回你，為自己做錯的事道歉，告訴你她仍然很愛你，希望你能原諒她的一切跟她復合。」聽著蒂花的事，即便已經是二十年後，我還是不禁流下淚水。啊……結果到了現在，原來我還會為她流淚，我仍然……愛著她。

「當時的我一直不明白為什麼蒂花會在前往機場的路上遇到車禍。無緣無故去什麼機場呢？直到愛麗絲告訴我才知道，原來她是想去見你啊。」

「什麼！？」我嚇得整個人顫了一顫，蒂花……遇到車禍？

「她正坐車到機場打算接你，告訴你這段時間她已經反省好了，希望跟你復合。可是她去不到，因為發生了嚴重的車禍，這就是她傷害你而得到的報應。」也就是……當年我在機場呆呆的等……本來真的能像我美好的幻想般，能看見蒂花衝過來抱著我，跟我說：「歡迎回來。」我沒有猜錯……我一直覺得她或多或少仍然愛著我，原來並不是妄想啊……

「蒂……花……嗚……」我不禁抿著嘴哭，淚水大顆大顆地落下。

「還能為二十年前的事哭成這樣……看來你真的很愛我的女兒。」

「我愛！當然愛啊！我一生中最愛的人就是蒂花！你不會懂的！我這輩子再也找不

到另一個蒂花了，只能自欺欺人說自己不愛她，可是心裡真正最惦記的人是誰，我根本騙不了自己！我跟她的一切還是在終端機推出前發生的，我連把記憶刪除掉的選項都沒有！只能一直一直一直一直記著她！可最討厭的是我沒法恨她，明明她為我帶來了二十年的痛苦，我卻永遠記得那三個月的快樂……為什麼蒂花要這麼狠……嗚……」

哈利任由我爆發，沉默下來等我發泄完為止。我好久沒有這樣傷心地哭過了，這二十年來都沒有，對上一次就是蒂花甩掉我後的那段日子。也就是說，這二十年來都沒有另一個女生能讓我哭成這副德性。我不得不承認，自己還愛著蒂花，只是一直以為沒機會了，才被迫說服自己放棄而已。我哭著，喘著氣，卻發現哈利依舊木無表情，不為所動。他冷冷地看著我：「你真的，很愛我的女兒嗎？」

「是啊！不然呢！」

「不，你不愛蒂花，你最愛的是自己。」我再也忍受不住，大聲怒吼：「再說一次我不愛蒂花，我就殺了你。」我亂動手腳，但被繩子所限，只能弄得牀架咔咔作響。

「你還是沒察覺到自己的說辭多麼荒謬啊。」哈利冷靜而堅定地，看著我的眼睛，彷彿在宣告不容置疑的事實，就像在說太陽會從東邊升起。

我怎麼會沒注意到呢？那個將會毀掉我整個人的真相。「蒂花遇上車禍後，本來是沒救了——如果在舊時代的話。可是她的大腦只是輕度受損，所以我讓她做了腦移植手術。而我在愛麗絲口中得知有關你的一切後，就知道我的女兒太愛你了，而這種愛終會使她傷害自己。當年我已經有種預感，不能再讓蒂花跟你有任何聯繫，不然最後一定是悲劇收場。所以為了讓你沒法再找到她，我為她選了一張全新的面孔。即便是面對面，你也不會知道她是蒂花。」我在心中催眠自己這一切都不是真的。

「蒂花的大腦受了傷，醒來後就忘記了以前的人生，而且那時終端機尚未面世，所以她有了一個全新的開始。她明明忘了你，卻在甦醒之後一直說自己是露娜。不管我嘗試說服她多少次，她都堅持自己的名字是露娜。我一直沒法理解，直到剛才愛麗絲告訴我，原來這是你們打算為孩子取的名字，我終於懂了。我的女兒即使連記憶都沒了，心中仍然想著你。」我想掩著耳朵搖頭退後，卻因身體被束縛而做不到。哈利仍然不動如山地坐著，繼續一言一句無情地把我的世界擊成碎片。

「這不可能！」

「沒什麼不可能的。我女兒兜了這麼大的圈還是跟你扯上了關係，這才是真的不可能。但還是發生了，不是嗎？經過那次意外，我必須承認自己更神經質了，對露娜的愛情生活管得更嚴，結果又是如之前那樣，她漸漸不再告訴我交往對象是誰，露娜的一切我都要從愛麗絲和里昂的口中得知。我也是在她死後才真正醒覺，自己也是害死她的其中一個兇手。」哈利嘆了口氣繼續道：「我不應該過度介入女兒的感情生活，要是早點察覺到這個簡單的道理，她的死亡應該是可以避免的。繞了一個大圈，露娜仍然陰差陽錯地喜歡上你的作品，只是你不知改了多少個筆名，愛麗絲聽到她喜歡了一個叫『機械寫手』的作家時也不知道就是當年的火呆人。我更不用說了，她連跟你祕密結婚的事也不曾告訴過我，這也是我自作自受的，誰叫我總是把她的男朋友逼走呢？」

「你害死了我女兒兩次。」這句話刺入我的骨髓之中。

「不過老實講，像你這種窮作家，要是我知道蒂花要跟你結婚也一定會阻止的。說到現在你應該懂了吧？自己到底有多醜陋。我每一次聽到你說自己在找什麼靈魂伴侶都想吐了。」哈利不徐不疾地把頭轉過來，指著我：「你已經跟自己的靈魂伴侶有了第二次廝守到老的機會，可是你卻親手破壞了。你根本連什麼是靈魂伴侶都不知道，一切都是隨口杜撰的美話罷了。」我張開了嘴，卻叫不出聲來，只有淚水一直滑下臉頰。

「愛麗絲會恨你的理由，你也能理解了吧？她對蒂花不同的男朋友倒是沒有太在意，可是你不同，因為她知道蒂花對你有多情深，所以唯獨你是不能原諒的。愛麗絲愛她愛得願意承受同樣的痛苦，所以才主動去做腦移植手術成為純腦生化人。她以為蒂花失憶後還能有機會成為她單純的姊妹，可是我沒法容忍一個同性戀者在我女兒身邊虎視眈眈，所以就把真相告訴了蒂花，讓她開始疏遠愛麗絲。愛麗絲也感覺得到，於是便主動到海外出差，和蒂花保持適當的距離。直到蒂花自殺，她才回到美國來。」

哈利湊近我的臉：「所以你明白蒂花為何沒向你提起過愛麗絲了吧？」

我被一個簡單的問題耗盡了腦汁：我真的是個賤男嗎？「你說的……都是真的嗎？」明明有前車之鑑，他們可能又在用話術設下什麼陷阱，可是我內心卻希望這是真的，但同時也希望這是假的。因為如果是真的，那麼蒂花就的確是愛著我；但如果是真的，也代表我親手害死了變成露娜的蒂花。「都是真的。但即使讓你再一次遇上同一個人，可是外貌不同你就不認得了。如果重要的真的是靈魂，你怎會認不出她？你心裡可能會想什麼『如果我的妻子是蒂花，我才不會出軌』之類。但拜託，不要再為自己找藉口了，不管你的伴侶是誰，你都是死性不改。你的妻子的確是蒂花，但你還是出軌了，這就是你的本性啊，阿祖。」

這次我哭不出聲來，沒再大吵大鬧，只是靜靜地流淚。「不……我不會相信的，一切都是騙人的……都是騙人的……」哈利失望地搖搖頭，站起身子，慢慢走到大門前。他打開門讓愛麗絲走進來，愛麗絲拿著另一部終端機，手指又再刺入裡面，以雙眼播放出畫面。

「這是露娜的終端機，你就自己看看，你多傷她的心吧。」我的雙眼已經失去神采，但還是被聲音和畫面吸引了注意力，只見畫面上以第一身視覺看到一對男女在不遠處為一些事情爭執。「你根本不懂問題在哪裡！問題是我不愛你了！」那個男人說完便轉身離去，剩下那個女人像失去靈魂的人偶呆呆站著，連自己的下半身在流血都懵然不知。而那個男人就是我。終端機的主人露娜走了上前：「小姐……小姐？要幫你叫救護車嗎？」

「救……護車？」那女人看了看自己的胯下，終於哭了出來：「嗚……啊……我的男朋友不要我了……嗚……我等他考慮了一個多月……為什麼不娶我啊？為什麼最後要讓我墮胎……嗚……但……我都照做了，為什麼還是不要我啊！！！嗚哇哇……為什麼……」露娜聽著，抱住那個女人，而她的視線也已經被淚水模糊了。

「那時你們兩個在分居，露娜還打算再找你好好聊聊。她相信……又或者是自欺欺人地想相信你沒有出軌，直到那天她遇見這個女人，知道她為你墮了胎。算過時間後，她就知道沒法再騙自己了，不管多愛你也好，都要跟你離婚。」哈利說完，向愛麗絲點點頭，示意她離開房間。

「你應該懂為什麼里昂說露娜是個溫柔的女人了吧？她忍痛跟你離婚，但不代表不愛你。她從來沒想過傷害你，即使里昂察覺到她的不對勁，她也不曾透露過你們的事，因為她知道里昂一定會告訴我，而我們兩個都絕對不會放過你的。最後她還是受不了被你背叛的傷痛，選擇上吊自殺了。這件事讓愛麗絲回到美國來，我們幾個人花了好多時間才把你的身份查出來。本來也不知道你就是二十年前那個作家，直到剛才愛麗絲套到你的話，現在總算全都連上了。」

「你……不要再說了……」哈利呼了口氣：「嗯，我也不打算再說了。要說的都已經說完了。你只要記住，是你害死了我的女兒，是你親手害死了自己最愛的女人。」哈利再一次緩緩嘆了口氣，彷彿終於放下多年來的心頭大石。接著就過來把我四肢上的繩子解開，似是已經深信我再沒有多餘的力氣逃走，而事實上我也的確不打算逃了。哈利扶起我，把我的臉對準他：「我們的仇已經報了，你想走就走吧，要舉報我們就舉報，悉隨尊便。」他說完，放開手，我也像無骨骼的章魚般倒在牀上。也許這就是人類失去所有生存動力後的樣子。哈利走向房門，靜靜離開。

他離開後房內只剩下我一人。一切……都是我的錯。還說什麼想找到靈魂伴侶……真的……很噁心……我在牀上抬起頭，看到被哈利解開但沒有收起的繩子。對不起……蒂花……我的視線慢慢移向了天花的吊燈。對不起……露娜……

繩子、吊燈。

〈第八章〉

〈文森・拉羅〉

「大家預備好了沒有？」台上，伊甸園公司的行政總裁文森．拉羅穿著純白的西裝問道，台下的觀眾陣陣叫好，掌聲如雷。

「那麼我來為大家推介，本年度的壓軸產品，第十代伊甸終端機！」他身後的懸浮虛擬熒幕浮現出最新型號的伊甸終端機，而他也開始為一眾「伊粉」介紹新機體的功能。

文森．拉羅是個長得很像里安納度．狄卡比奧的大帥哥，雖然已經五十幾歲，但近二十年來在他身上彷彿看不到歲月的痕跡，就像日本的漫畫家荒木飛呂彥一樣是個凍齡大叔。文森的一生充滿傳奇色彩，十二歲已經開始自學編寫電腦程序，三個月後寫成了他人生第一套虛擬實境遊戲，賺了第一桶金。

他由那時起至大學畢業前都一邊專注學業一邊繼續進修編寫電腦程式，同時也開始涉獵硬體開發，伊甸終端機的原型便是在他十八歲的時候設計而成。其設計理念受多年前的蘋果智能手錶啟發，而終端機的理念背後有個很傷感的故事。話說文森年輕的時候，他的媽媽不幸被人強暴，可是由於證據不足，警方沒法抓到犯人，而他的媽媽也因此鬱鬱寡歡，最後自殺身亡。文森就想，雖然蘋果的智能手錶能警告用家身體出了異狀，但對於外來的危險卻沒法作出提示，所以他希望造出一個能提示用家環境有危險，及早離開的裝置。這種想法對當時沒有資源的文森而言根本是天方夜譚，但他還是咬著牙關堅持下去。他知道這個裝置若是沒法連接大數據就是沒用的廢鐵，可是資金不足也讓他難以開發一直想實行的「天使之眼計劃」，所以他先從小計劃開始拾級而上。他想到「記憶管理」的概念，於是第一代的伊甸終端機便朝這個方向出發。

文森知道功能單一的終端機難以吸引大眾市場，所以他也把手機和電腦的功能一併結合在機體上，令終端機不僅僅是個讓人上傳記憶的裝置，它還能用作打電話、聽歌、上網、看電郵、回播記憶等等。雖然在研發到量產的階段都燒了很多錢，但文森憑著過人的口才，總是能在公司面臨資金短缺時找到新的風險投資基金注資。最後他排除萬難，終於在三十多歲時，即是二十年前成功推出了伊甸終端機，震撼和改變了整個世界。

在終端機迎來大成功前，文森足足花了十五年的時間，天天如履薄冰地管理著伊甸園公司，雖然也不是辛苦十幾年就必定能成功，商業世界向來無情，但他的創業經歷也啟發了不少年輕的科技創業家。伊甸園甚至舉行科技創業比賽為年青人提供一展所長的機會，在比賽奪冠的話就會由伊甸園出資研發。雖然在我看來這不過是美化後的商業併購，但所有參賽者都是心甘情願地把剛萌芽又有商業發展潛力的新科技賣給伊甸園。也因此，伊甸園的技術漸漸變得愈來愈完善和多樣化。

在伊甸終端機推出後，多年來一直虧損的伊甸園公司終於在短短一年內達到收支平衡，另一邊在平穩地發展的賽博格也看到實實在在的威脅。很多人已經忘了，當時賽博格的市值仍然比伊甸園高，中本里志亦曾經與文森商討過收購的事宜。當時閉門會議的具體內容是什麼沒有人知道，但從泄漏出來的消息大概可以推測，中本里志期望把伊甸園和賽博格的技術結合起來，再次掀起新一場科技革命，改變世界，但會議最後卻不歡而散。自此伊甸園和賽博格成了競爭對手，文森和中本里志常常在媒體上隔空開火。文森評價中本里志「喪心病狂」，是「科技界的弗蘭肯斯坦」，而且「公司掌有的技術應該被嚴格監管」；後者則反擊文森是「因循守舊」、「不思進取」、「自以為是」、「看不清楚未來潛力的笨蛋」，終會被時代淘汰。

經過這段插曲後，兩間公司繼續成長，而伊甸園比賽博格更加成功，全因二十年前兩者作出了兩個不同的商業決定。在伊甸園賺到龐大的利潤後，文森終於開始「天使之眼計劃」，也就是他創業的真正原因。雖然他的媽媽不會因此而復活，但他希望這個計劃能令世界上沒有人再須要跟他經歷一樣的痛苦。十年後，終於在二一零二年，「天使之眼計劃」在都市中心正式啟動，並把所有人用終端機記錄下來的影像備份到伊甸雲端，從此每年的罪案數量便大幅下降，而伊甸園的股價則大幅攀升。反之賽博格在二十年前決定開始電子腦的研發項目，十年過去，當伊甸園迎來第二次爆發增長期時，賽博格卻得承認電子腦項目失敗，繼續屈居第二名。

也因為沒法循正當的途徑打倒伊甸園，中本里志才會暗中招募一班人，企圖走旁門左道把伊甸園扳倒。這樣看來，中本里志確實如文森所說並不是什麼好人。可是對我而言，文森也不是什麼好人。雖然不知道他的動機，但既然他曾修改備份紀錄，有份合謀害死我的海倫，我就要他付出代價。

「那麼售價又如何呢？增加了功能就代表會加價嗎？不，這套思路對伊甸園並不適用。」文森仍在台上說著，但台下已經開始出現異樣。大堆的伊粉點一點自己耳上的終端機，開始交頭接耳地討論著。文森還不知道自己已經大禍臨頭，繼續介紹著第十代終端機，可是台下的聲音愈來愈大。

「好了，我知道大家很興奮，可是能讓我繼續介紹嗎？」他這樣說著的同時，台下的前排位置有個記者大叫：「文森，《時代日報》剛發佈了一篇獨家報導，指控你涉嫌刪改伊甸雲端的紀錄，請問你對此有什麼回應呢？」文森的表情有點錯愕：「我……不太懂你在說什麼。」這下子台下的記者都湧了過去，保安員則上台護著文森，他在退場前也不忘向大家揮手：「抱歉抱歉，今日的發佈會到此為止了。」我也從終端機打開《時代日報》的報導，內容是我從巴別塔裡偷出來的備份影片，記者一邊讀著文字報導，一邊展示著海倫在舊街區被人綁架的畫面。

東窗事發當日，伊甸園的股價即時崩潰，人們恐慌性拋售股票，而且完全沒有承接力。伊甸園股價長升不跌的神話宣告幻滅，短短一天內蒸發了百分之二十的市值，由於它的市值高，所以在大市的佔比也高，導致大市指數連續熔斷，被迫即日停市。第二天伊甸園的股價繼續插水，令大市再次熔斷，接下來整整一個星期的時間，全世界見證了美國股市的崩盤。指數暴跌也引來其他投資者恐慌性拋售，受伊甸園拖累，其他公司的股票都因而遭殃。

警方每天都到巴別塔內搜證，正式的執法機構要是有了清晰的調查方向，以其人力物力，能搜索到的證據自然比我更多。他們找到文森以他的個人權限登入伊甸雲端的後台，並用程式修改備份紀錄，所以無從抵賴。

「文森．拉羅涉嫌修改伊甸雲端的紀錄，我認為這件事對全球每個國家敲響警號。」電視上的名嘴評論員嚴厲地警告觀眾：「大部分已發展國家的法制已經嚴重依賴伊甸雲端的備份紀錄，然而我們曾以為是鐵證的備份紀錄是不是值得司法機關無條件地信任呢？科技發展蒙蔽了我們關注科技安全的眼睛。說到底所有紀錄都由一間企業所掌管，文森有無上的權力，他即使刪改了紀錄我們都渾然不知，仍然覺得世界一如以往，這才是最可怕的。」蘿琳看著電視，不禁流下眼淚，她看向我：「謝謝你……謝謝你還了海倫一個清白……」我向她微笑，繼續餵她吃粥。

所有電視台連日來都不停報導跟文森相關的調查報告，文森除了修改市中心內的天使之眼紀錄，使人們「消失」外，也曾多次修改市郊的閉路電視紀錄。還有就是他旗下的空殼公司所擁有的銀行帳戶資料，以及中介人到銀行提取現金的閉路電視紀錄他都刪除了。在復原紀錄後，才知道文森一直透過暗網聘請少數族裔拐走不同的市民。沒有人知道他的真正目的，但曾被拐走又僥倖逃出的人全都把矛頭指向了文森。所有少數族裔之間沒有任何關係，卻有著一樣的說辭：他們只是收到錢後負責把目標弄暈並帶到車上而已。之後文森帶了目標到什麼地方，他們完全沒有頭緒。涉案的車子雖然在雲端紀錄中被刪去，但修復過後也證實了是文森非法購入的失車。

數以萬計的民眾上街圍堵巴別塔抗議，上千個人向死因庭申請翻案調查，要求以未被修改的備份檔案為證據重新進行死因判決，不然根本沒法確定自己的親人到底是真的自殺還是被人殺害，其後兇手的行兇紀錄再被刪去而變成「自殺案」。網上討論區也每分每秒都在討論伊甸園案，曾幾何時的「逃離伊甸」運動又再次冒起。人們抗議企業霸權，他們破壞街上的天使之眼，網上也廣傳「銷毀終端機挑戰」。而且這個現象並不只於美國發生，全球所有已發展國家的政府和民眾都參與了「逃離伊甸」。

「我們真的能讓一個人掌控這麼大的權力嗎？」

「但終端機的確令我們的生活變得更方便了。」

「那並不是人類應該擁有的權力。」

「我認為政府應該加強管制。」

「政府才管制不了，所有的證據和紀錄都能改，還管什麼？」

「應該只是中心化的問題，如果有方法去中心化，我認為伊甸園的技術應該保留下來。」

「其實我們應該更關注應用科技的安全。」

「認同，這一百年來我們最缺的是科技教育。」

「#銷毀終端機挑戰」

「樓主勇猛，可我用了全信任模式，沒法就這麼毀了終端機啊。」

「就是你這種懦弱的人助長了伊甸園這隻惡魔。」

「沒有終端機的第六日，感覺自己還是迷迷糊糊的，但我終於記起今天的午餐吃了什麼啦！」

「不要參與#銷毀終端機挑戰！你絕對會後悔的！我已經花了三天時間到不同的網站去按『忘記密碼』了。」

「老實說，沒有終端機和沒法連上伊甸雲端的確令生活很不便。」

「可惡，全都是那心理變態的文森．拉羅害的。」

「他曾經是我的偶像啊……真可惜……」

「有誰能貼上他強暴了自己媽媽那宗新聞的連結？」

「什麼？他媽媽是被他強暴的？」

「話說回來，我還是未能想通他這麼做的動機啊。」

「他是在無差別殺人，心理變態還談什麼動機？心理變態就是動機啊！」

「文森明明是個很有魅力的生意人，真是太可惜了。」

「伊甸園的黑材料怎麼愈挖愈有啊？」

「大家是不是已經忘了伊甸園曾經為我們帶來的好處啊？」

「每天都討論伊甸園煩不煩啊？」

「賽博格第二季的財報出爐了，業績勝於預期，股價又要升空了。」

「中本里志的推特說今天晚上有重大消息宣佈。」

「文森消失了？」

「司法部今早傳召文森，但是他的公司和家裡都沒有人。」

「不可能找得到啦，他可以修改所有紀錄啊。」

「誰來把那個漏洞給堵上？」

「中本里志宣佈已經購入了伊甸園公司超過一半的股份，成為公司的最大股東呢。」

「中本里志宣佈成功清除所有伊甸園雲端的後門程式，文森．拉羅就算重新出現也沒有權限再修改備份紀錄。」

「中本里志是英雄！」

「幸好我們還有賽博格。」

「賽博格收購了伊甸園，應該不用毀掉終端機了吧？」

「大家是不是開心得太早了？這不過是掌權者換了臉皮，他日不就輪到中本里志能自由刪改紀錄了嗎？」

「同意樓上的說法，國會要馬上訂立法例規管賽博格。」

「我覺得中本里志不會濫用這種權力啊。」

「那些科技人才改幾個電腦程序碼，已經能把警方耍得團團轉了。」

「生化人的第一法則程序碼不就是沒法更改的嗎？把類似的程序碼放入系統中啊。」

「第一法則程序碼超簡單好不好？而且是用在生化人上，不是什麼都適用的。其他的程序碼複雜多了，就算加了進去，被修改了也沒法檢查出來！」

「難道真的沒有兩全其美的解決方法嗎？」

「中本里志宣佈將生化人的區塊鏈技術與天使之眼和伊甸雲端技術結合！」

「真是劃時代的想法啊！」

「簡單來說，因為天使之眼和伊甸雲端內的備份以前一直由一個企業掌握和管理，但現在就是讓所有純生化人一起管理。每個個體都有一份紀錄，要修改紀錄就要把所有生化人的紀錄都更改。不然那個唯一不同的紀錄，會根據其餘幾千萬個生化人的紀錄自動修正過來。」

「雖然看完都不太懂，總之賽博格解決了問題就是啦對不對？」

「沒錯，就算能改寫一段紀錄，但只要所有生化人都有原本的紀錄在手，大家就能指證哪一段是錯的。」

「不管你們怎麼想，反正我是收貨了。」

「我還是很懷疑啊，說到底生化人的生產還是由賽博格負責吧？那麼實際上中本里志不就有能力改寫所有生化人的紀錄了嗎？」

「的確感到哪裡怪怪的，如果這項技術去中心化，企業作為中心化的象徵也會漸漸失去其地位。如果人人都在管理伊甸雲端的紀錄，就不再需要賽博格公司存在了啊？」

「中本在為全球人類清理文森留下來的爛攤子，你們還好人當賊辦！」

「難得有一間企業站出來負上社會責任，還要被你們懷疑，難怪這個世界上真的願意改變世界的人從來不多。」

「我只是提出這項技術可能存在漏洞罷了。」

「我說有些人實際上連區塊鏈技術都未搞懂就在指點江山，真的很討厭。」

「當年伊甸園推出天使之眼時又不見他說有管理風險。」

「我也覺得有隱憂，總感覺現在的科技已經發展到我們根本完全沒法理解的地步。普羅大眾對科技產品的了解也不過是公司的單向宣傳，它們無論跟你說什麼，你也沒有專業的知識證明他們實際上是指鹿為馬。」

「因為我們根本連鹿和馬都分不清楚，什麼區塊鏈什麼雲端，總之能為生活帶來方便，沒為社會添煩添亂就好。」

「唉，過了一百年，人類還是沒有進步過。」

「說白一點，一百年前普通人根本不懂電腦的運作機制，一百年後也不懂伊甸終端機的運作原理。人們只會欣然接受讓他們的生活更方便的新科技產品，卻從來不會思考一下那些技術背後的風險。」

「更糟糕的是，大眾對科技的了解過於表面，資訊的不對稱為危險事件埋下了種子，而我們對近在咫尺的危險渾然未覺。」

「怎樣都好啦，賽博格終端機降價就好了。」

「賽博格的發佈會又到了。」

我看著一連串的討論打發時間，然後發現已經下午兩點了，今天得去見中本里志，他要跟我商討報酬。老實說我並不太在意錢，因為幫海倫查出真相才是我的最終目標。可是中本很堅持一定要給予我相應的酬金，我也不介意多一點收入，自然沒有拒絕的理由。我乘坐自己的特斯拉伽瑪型前往阿瓦隆。大街上的天使之眼燈柱沒多少根是完好的，但已經有身穿賽博格工作服的生化人在維修著，貼上賽博格的商標，並改造燈柱的外型，以象徵新時代的降臨。

經過一個多月的混亂後，社會又再回復平靜。美國政府繼續量化寬鬆，使美股大市從低位反彈。全世界的政府辯論都比不上中本里志的一個決定，賽博格對伊甸園的收購無疑是加速全球回到正軌的催化劑。

「伽瑪，在這裡停一下。」車子經過一間玩具店時，我下車進去逛了逛，反正時間多的是，而且我也要買禮物給小羅拔。本來我還以為拿到備份後，還得花不知多久的時間繼續調查而趕不上他的生日會。所以與其答應小羅拔會去他的生日會最後卻沒出現，倒不如反過來先讓他不會有期望，那麼我就算缺席也是預料之中的，可是能出現便成了一個驚喜，所有孩子都愛驚喜的。沒想到扳倒伊甸園的行動出乎意料地順利，所以我能親身出席，一想到小羅拔開心的樣子我就心甜了。

「有什麼能幫你嗎？」店員問。

「啊，我想找網絡超人的變身腰帶玩具，你們有嗎？」

「你真走運啊，現在可是很受歡迎呢，只剩兩個了。」店長帶我走到其中一個玩具架，拿起變身腰帶讓我看：「買給兒子嗎？」

「不，買給姪子的。」

「喔，他爸爸可能已經買了啊？」

「不會啦，他向來只會買數學練習作禮物。」

「哈哈，那你應該是那孩子最喜歡的親戚了？」店員笑道。「對，所以我妹妹對我又愛又恨啦。啊，麻煩你以禮物紙包起它，因為是生日禮物呢。」

「好好好，請等等。」我在終端機內付款，這次我終於是用自己的機體了。店員為我將變身腰帶包好：「祝他生日快樂。」

「謝謝你。」

「多謝惠顧。」店員向我鞠躬道謝，我也拿著禮物離開玩具店，回到車上。我已經能幻想到小羅拔驚喜和興奮的表情了。

「伽瑪，目的地，阿瓦隆。」自動駕駛程式啟動，特斯拉伽瑪型再次開出，往賽博格的總部駛去。我則在車上補眠，也許真的老了，之前幾個月不停熬夜，現在明明已經天天都睡滿八個小時還是覺得累。身體永遠是最誠實的，我確實不再年輕，也更能理解為什麼那麼多人選擇成為純腦生化人，因為這樣一來身體又能再戰幾十年。可是失去了海倫的我，也不打算再以什麼方法延長自己的壽命了。我倚著車窗慢慢入睡，淚水也漸漸沾濕了眼睛。真是太好了，海倫不是自殺；真是太好了，我還了海倫一個清白。只是，只是……即使殺害她的兇手得到報應，她都不會回來了。

感覺閉上眼沒幾秒，伽瑪已經來到目的地，但實際上我睡了十五分鐘。我伸了個懶腰後便步出車子，跟之前一樣到大堂後，就有生化接待員主動來招呼我：「中本先生已經恭候多時了。」接待員帶我乘坐天梯，到站後走過那條弧形的長廊，我跟中本里志再次見面。接待員點頭後離開房間，房內又只剩下我和中本二人，情況跟四個半月前幾乎一模一樣。

「這個房間內的光景沒變，可外面已經變天了。」中本里志依舊看著玻璃窗外的風景，有一瞬間，他的樣子讓人聯想到上帝。「對啊，恭喜你們賽博格終於超越了伊甸園。」中本里志推一推眼鏡，轉身看向我，我還是頭一次看到他的笑容。他張開雙手，慢慢步過來：「過來吧，我的朋友。」他抱住了我：「這一切都是你的功勞啊。我真的沒想到你這個計劃竟然能讓我驚喜連連，以前從來沒有人成功過，我不得不說，你是個百年一遇的天才。」

「你太過獎了，無論是誰，只要是為了還死去的妻子一個清白的話，都應該能做到我這種程度。」

「你錯了，沒多少人能做到的。告訴我，你是怎樣變這個魔術的？怎麼可以神不知鬼不覺地帶生化人走進巴別塔內？」我笑了：「很簡單，就是從大家都不會注意的垃圾收集場下手啊。」中本里志邀請我坐下，讓我為他解釋整個流程。

「精彩，精彩。」他拍案叫絕，彈響了手指，只見地面升起一個木架，上面放了一瓶香檳。他為我倒酒，跟我乾杯：「這是敬你的。」

「謝謝。很可惜，最後還是沒搞懂文森這麼做的目的。」我們乾杯，發出「鏘」的一聲，我們一飲而盡。

中本里志很滿意地看著我：「那種事怎樣都不重要了。好，我不拐彎抹角了，我們來談談報酬吧。你為我完成了一個很重要的任務，錢是一定要給你的，只看你打算在守規矩還是不守規矩的情況下收錢而已。」中本又再為自己倒酒，再為我倒酒。

「我就先聽聽守規矩的做法吧。」我輕輕呷了口酒，這香檳是我沒喝過的牌子，味道有點特別。

「這需要多一點時間。我會舉辦一個科技創業比賽，冠軍除了可以得到獎金外，還能獲得賽博格公司百分之一的股權。我相信你擁有了我們公司的股權後，基本上以後的日子都不用再為錢操心了。」

「這的確要花點時間呢。」

「對，大概半年左右吧。當然，冠軍早已內定是你了，所以你待半年後就能收到應有的報酬。」

「半年，我能等。」中本里志還想為我倒酒，但我示意已經夠了：「好奇問一下，那不守規矩的做法又是怎樣？」

中本里志微微一笑，眼鏡稍為滑落，反光的鏡片遮蓋了他的眼神：「就是直接從銀行把錢轉給你。」

我也笑了：「這個玩笑不錯啊，現在所有紀錄都不能修改了，你要明目張膽地洗黑錢就得把文森請回來啊。」

他被我逗得大笑起來：「哈哈哈，你覺得這是個玩笑嗎？不錯喔，這也很好笑！」我感覺到有哪裡不對勁。「現在的紀錄，真的不能修改嗎？」中本里志的反問，突然讓我整個背部發麻。等……等一下，怎麼回事？

「你們不是用了……區塊鏈技術嗎？銀行的紀錄在每一個生化人的人工智能內都有一個備份——」

「對啊，所以就不能修改了嗎？」沒待我說完，中本里志便搶了話：「不是的，只要能改寫所有生化人的備份，那就能把我匯款到你戶口的紀錄抹去了。」

我皺起了眉頭：「我不懂，這樣一來所有權限也不過是從文森手上轉到你手上，人們為何能就此接受？」

「因為他們根本就不懂自己在看什麼。老實說，我一直以來所說的區塊鏈技術跟比特幣技術並不完全是同一種東西。因為比特幣是真真正正沒有人能刪改任何紀錄和資料的，可是賽博格的生化人，雖然一直以區塊鏈技術作招徠，但實際上只是一種實時傳輸數據的技術。表面上所有生化人都掌握一份紀錄，而背後卻是我一個人能掌控所有生化人，不過一般的平民大眾才懶得理這些東西啦。」

「故事完結了，我們有人飾演壞人，也有英雄出現。多虧了你所做的一切，大家都認為伊甸園是壞人，是反派，他們的中心化管理技術就是萬惡的根源。而我們賽博格則成為了英雄，以去中心化的技術把一切都帶回了正軌。就像從中央集權的極權社會演變成民主社會後，人們就會對民主有過於美妙的幻想，不是嗎？既然之前的東西那麼差，大家都推崇的替代品一定是更好的。而且現在全球的人們都沒有選擇權了，再沒有另一間科技企業可以跟賽博格抗衡，既然如此，也就是我成為了神。」

我站起身，不禁後退一步：「可是……這樣一來之前發生的事件還是可能重演的啊？」

「對，必定會重演。那又如何呢？沒有人會知道的，一切的證據都會被抹去，而且大家都很相信我們的區塊鏈備份管理系統，也沒有人會懷疑是系統本身就有問題。你不要那麼驚訝，這個世界的人分為兩種，一種是被系統管理的人，另一種是系統管不了的人。我是第二種，你幫了我，你也能成為不受系統管理的人。」中本里志很開懷地說著，而我也終於明白為何當年文森會狠批他是個喪心病狂的科技界弗蘭肯斯坦。中本里志的表情告訴我，他真的打從心底認為這一切都是沒有問題的。

「為什麼……你明知伊甸園的系統最後會出問題……既然你想到了用區塊鏈技術去解決，怎麼不正正經經地去中心化？」

中本里志噗嗤一笑：「如果你成為了神，你會放棄自己擁有的一切嗎？」他看著我，推高眼鏡：「唔，看你的樣子，恐怕也是沒法認同我偉大的理想。」

「當然沒法認同！你明明可以解決問題，卻選擇了成為問題的核心啊！」

「唉，當你跟我說要扳倒伊甸園時，我一度以為你能了解我。但想不到啊，對你而言，其實最重要的還是那個死了的女人，世界變革什麼的你根本不在乎。」

我握緊了拳頭：「不是『那個死了的女人』，她是我老婆啊！我當然只在乎她！

你那些偉大的科技革命我全都不在乎！我只想為海倫找出真相，而且我不想以後還有其他人跟我承受一樣的痛苦！你現在就是告訴我，殺死海倫的兇手已經被拘捕了，可是他的靈魂卻附到其他人身上繼續殺人啊！這樣我怎麼可能接受！」

中本里志嘆了口氣：「唉，不能接受也沒辦法。我很心痛啊，本來還以為可以交到個好朋友，誰知你完全不懂我的苦心。果然我先做好保險措施是沒錯的。」

「保險措施？」就在此時，我感到大腦一陣暈眩，怎麼回事？我連腳也開始站不穩了。是麻醉藥？摻入了在剛才的香檳之中嗎？但那是一瓶新酒啊，中本里志也喝下了，為什麼他沒事？

「我一直很感激你，因為你是目前為止最好的除錯員。」中本里志完全沒有受影響，還繼續喝酒：「既然你沒法認同我，那麼我也不能把你留著了。順便告訴你，你根本就不懂什麼是真相。」

「你……你在……說……什麼……」我在空無一物的房間裡踏著不穩的步伐企圖走出外面，但我卻完全看不到出口到底在哪裡。

「你根本不懂真相啊。很簡單一個問題，文森．拉羅的殺人動機到底是什麼呢？他大費周章，就真的純粹因為他是個心理變態嗎？不是的，有什麼不合理都用精神病作為解釋是不可行的。再講，他根本不是心理變態，因為他強暴自己母親的假新聞就是我讓人發佈的。」我倒在地上，繼續爬向牆壁，企圖逃走。

「只要人格謀殺他，把他說成有精神問題，社會上的人也就懶得理他的真正動機。就算是警察和其他政府組織，想查出他的動機也是不可能的。因為所有行為都不是由文森主導的，而且那群智障也不會再找得到更多的證據了。」我忿恨地回過頭去，只見中本里志木無表情地看著我：「還有啊，他是怎麼殺人的呢？」我想說話，但意識已經漸漸遠去。

「看吧，你根本什麼都不懂。作為你幫我除錯的謝禮，讓我為你解答這個問題吧。」中本里志站了起來把香檳收回。他走到牆邊，按了幾下後，牆壁從中打開，便見一個脖子以下都是機械器官的生化人。我的眼睛因麻醉藥的影響沒法瞪大，但看到的畫面足以嚇得我瞳孔收縮。

「文森．拉羅，早就被生化人取代了。」我的意識完全被黑暗吞噬。

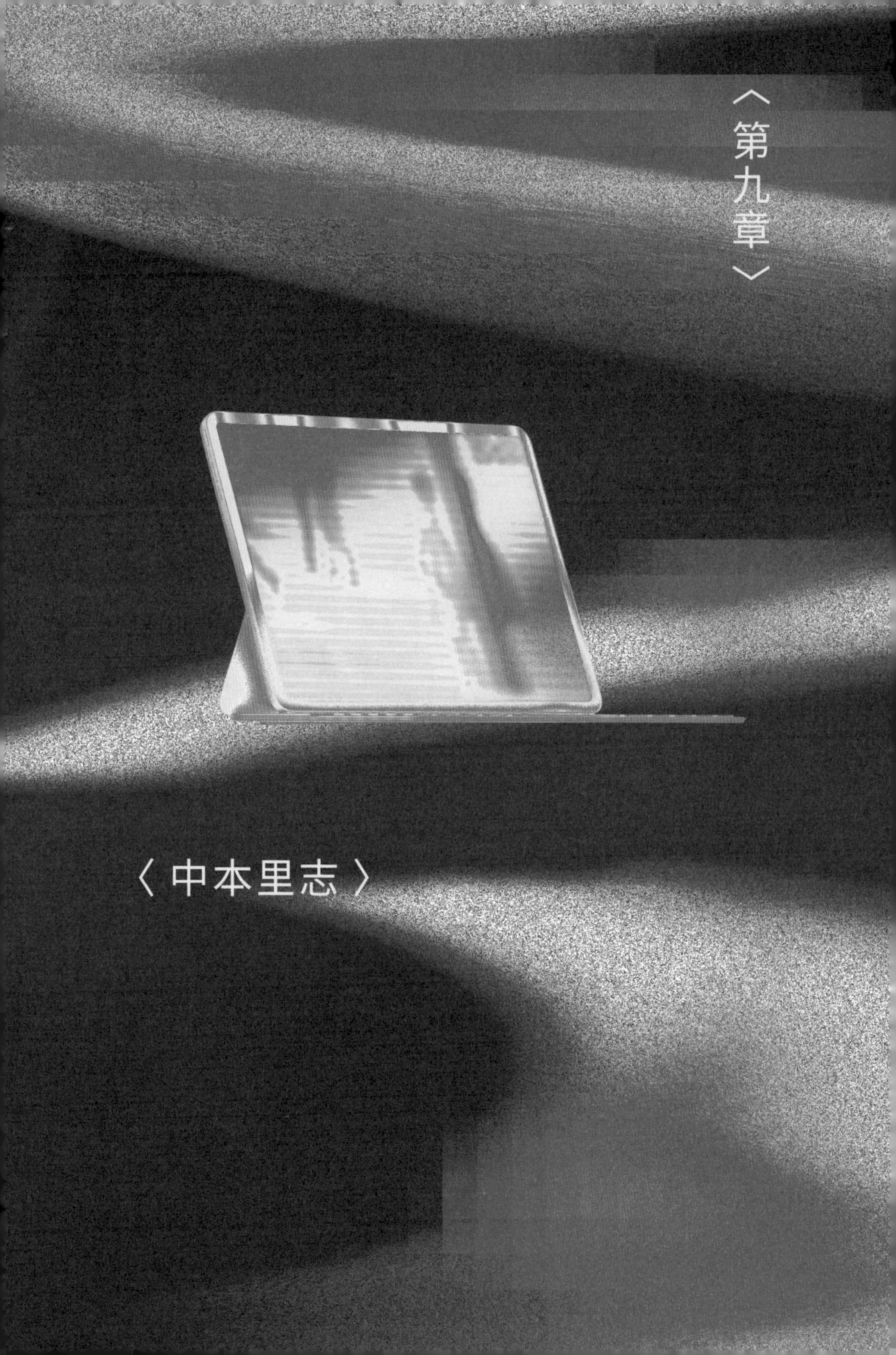

〈第九章〉

〈中本里志〉

夜幕降臨，中本里志坐在純白的會議室中，手裡晃動著日本威士忌山崎 55 年，觀賞著幾個月前由生化人傳送過來的片段打發時間。

里昂把阿祖的眼睛蒙住後，一手撫著阿祖的大腿，另一手則打在自己的腿上，發出「啪」的一聲。他把一些免治豬肉鋪在阿祖的陽具上，再以衣夾夾住，而且阿祖服下了麻醉藥，連痛都感覺不到，這樣一來就不算是「傷害」，只是把豬肉固定在一個位置罷了。這個畫面雖然有點噁心，但中本還是把片段全都看完。本來所謂的「傷害」就有灰色地帶，比如「割開皮膚」在日常生活中是種傷害，但做手術時就是種救援。但以防萬一，所有純生化人的第一法則程式碼都會限制「割開皮膚」的動作。不過現代社會的手術室中也存在醫療用的純生化人，所以當檢測到病人已進入麻醉狀態，眼前又是皮肉組織時，「以夾子固定組織」這個動作還是被允許的。當然，不是說為人注入麻醉劑後隔著一團豬肉在中間就可以持刀亂刺，因為這已是明顯的殺害行為了。

中本繼續觀賞哈利他們如何一步步把《我的職業是遺書代筆》的作者逼上絕路，他不禁暗自驚歎，想不到每次找到突破點都跟這個作家有關，生命真是奇妙。也正因他如此特別，才會讓中本有興致時就重播他自殺前的影片。

當哈利再次打開房間的門時，一個晴天娃娃映入眼簾——阿祖借天花的吊燈自殺了。

中本里志滿意地看著畫面，喝了口威士忌。

「要繼續工作了。」哈利說完，便跟愛麗絲和里昂走進房間內開始收拾屍體。他們在處理阿祖的屍體時，哈利對著虛空說：「主人，麻煩你製作他的替身。」當時的中本里志回答道：「沒問題。你們剛才說有頭緒了？能找到優質的除錯員嗎？在這傢伙認識的人中會有那種人才嗎？」

「有的，所以下一個目標，主人不用替他製作替身。」哈利說著，把阿祖的屍體抱下來，讓愛麗絲和里昂把他搬出房外。「沒問題啊，可是讓我理清一下你們編的謊言，露娜到底是死了沒有？」每次看純生化人把人類逼到自殺的演出，總是能讓中本里志消磨不少時間。

「露娜已經死了，她跟阿祖離婚後自殺，這是真的。所以我們才能拿到她的終端機，知道她有個哥哥和控制慾過強的爸爸，不然怎麼設定背景故事？還有她的心結，就是一直以為自己跟老公只是心理問題導致性事不合，可是發現了對方一直都在出軌，所以她離婚後不久就自殺了。」

「她真的是自殺吧？」中本的語氣滿是懷疑。

「不是的。應該說她本來也想自殺，但沒有實行。所以我們推了她一把。」

二零九二年，伊甸園公司在文森的帶領下推出了劃時代的科技產品，而當時的賽博格雖然在企業規模上擔當著前輩的角色，但中本里志知道在不久的將來伊甸園便會成為科技界的領頭公司。終於出現了，他一直等待著能超越賽博格的公司成為大眾和媒體的焦點。中本里志很清楚什麼叫「棒打出頭鳥」，而為了讓他心中那改變世界的鴻圖大計得以實行，他必須盡量讓公司保持低調。整個政策方向參考了以前的微軟公司，不論是在財務報表或是新聞上，從來都不會特別亮眼，只要默默耕耘，慢慢壯大自己的實力就足夠。

可是賽博格公司的生化器官業務不論怎麼掩飾利潤都仍然很耀眼，中本已經把成功研發純生化人量產技術的消息再三延後公佈，不過賽博格還是輕鬆地擊倒了所有科技企業。「這樣下去，賽博格在未來的十年將會變得萬眾矚目……」一般老闆都想自己的公司不停有盈利增長，生意愈做愈大，但中本卻為此感到煩惱。「人怕出名豬怕肥」，他深明這個道理，因為他小時候就是太過鋒芒畢露，展現了自己在電腦程式和硬體開發的才能，才會被身邊那些智障兒童排斥。他的同學並不是真的智障，可在中本的眼中除了他以外的人其實都跟智障沒多大差別。每個人都應該學懂好好隱藏自己與別不同的才能，因為當你太特別太出眾時，就會招來大班庸才的嫉妒和敵意。

可是一所已經做出成績的企業就再沒有方法隱藏自身的過人之處，跟學生不同，

……重新再來，而公司則沒法隨便砍掉重練。加上中本真正想實行的計

把他的妻子逼到自殺後，可以誘導他成為你的除錯員。」

「唔，老實說我的期望不大，但也可以試試。」就在此時，里昂揹著一個昏倒的女人走進房間，他們幾個合力把女人安置在牀上，再把她的手腳綁到牀架上。那就是海倫。

「主人，因為這次完成任務後要讓人發現她的屍體，所以我們要棄置這個場地了，準備功夫比較多，先掛了。」

「好的，我會讓文森刪除你們被天使之眼拍到的紀錄，也會讓他為你們再找新的場地。你們就先忙吧。」通訊終止，片段也到此結束。看完影片的中本里志稍為休息，去了拿冰放進威士忌之中。他以手轉動著杯子，看著打圈的冰，思緒慢慢回到過去。

回想起來，一切都是從二十年前開始的。

「那蒂花又是誰呢？」

「這方面我們沒有伊甸雲端的資料，不清楚，但大概只是愛麗絲套出阿祖的過去後再以此為素材臨時編的謊話。」

「呵，所以這個男人並不是二十年後再次遇到同一個女生？」

「不是。阿祖二十年前出道成為小說家，跟一個叫蒂花的女生交往了三個月被甩了。受情傷後他就在二十年間不停換女朋友，跟女讀者發生關係，最後認識了露娜。他們愛得火熱，很快就祕密結婚，可是阿祖婚後還是到處鬼混，露娜發現後才自殺的。」

「所以說，她們兩個只是單純地都姓布朗？」

「你的幽默指數提高了嗎？」

「主人，這可是美國第五大姓。樓上隨便掉下一塊招牌砸死的人也可能姓布朗。」

「沒有。愛麗絲，目標送來了沒有？」哈利問道。

劃都還未正式踏出第一步，賽博格已經落在前無退路，後有追兵的困境。就在此時，他在網絡上看到了文森·拉羅主持的伊甸終端機發佈會。那一刻，他覺得自己遇上救世主。以他對科技的專業見解和獨特的市場觸覺看來，伊甸終端機將會在下個十年甚至更短的時間裡稱霸全球，就像曾經的蘋果智能手機一樣。

不出所料，短短一年內伊甸園公司便靠著終端機賺取了巨額利潤，一時之間全球所有報章雜誌都把焦點放了在伊甸園身上。而一直以來總是在鎂光燈下的賽博格，也倏然迎來了燈滅。可是這並不要緊，倒不如說正是中本一直夢寐以求的狀態，不管是政府、投資者還是平民都在討論著伊甸園，賽博格終於可以退居二線。同時，中本也深入研究了伊甸終端機的結構及相關業務，記憶存取和管理的部分更是看得他雙眼發光。這可是他本來就打算在將來開發的技術，想不到有人能早他一步研發出來並投入服務，也就代表文森·拉羅的智慧和眼光跟他是可媲美的。中本里志從小到大都在尋找同伴，可是從來都沒有人能跟得上他的思維，也沒有人跟他有相同的信念和眼光，得來的永遠都是外人的冷眼和嘲笑。那些智障只想到第一步的時候，他早已經想了一百步，這令中本有時會覺得自己其實是個外星人。可是當他看到了文森的劃時代科技產品，得知世上有另一個跟他一樣出色的人時，算是他人生頭一次覺得自己找到了在地球上的同伴。

他認為如果是文森的話，一定能理解他要改變世界的崇高理想。於是他跟文森開了一個會議，也就是那個導致二人從此不和的著名閉門會議。

「真可惜啊，我一直都以為我們能成為朋友。就像比爾蓋茨和巴菲特那樣。」中本里志失望地嘆息。

「我跟你絕對不可能成為朋友，我們的理念差太遠了。」文森冷哼一聲，表情甚是不屑。

「我才不懂你的理念，你根本沒看清楚未來的大勢。」

「大勢是由強者創造的，我想要的未來，是以科技輔助人類，使人類變得更加幸福，而不是以科技取代人類！」文森怒得拍桌罵道。

「真可笑，說什麼用科技使人類變得更幸福。你懂嗎？只要身為人類就不可能有什麼幸福，我們每個人都有一生的傷痛要背負啊。你最清楚了，難道發明了終端機，就能讓你的媽媽起死回生嗎？」

「不要提我媽媽，你不配討論任何關於她的事。」

「要繼續工作了。」哈利說完，便跟愛麗絲和里昂走進房間內開始收拾屍體。他們在處理阿祖的屍體時，哈利對著虛空說：「主人，麻煩你製作他的替身。」當時的中本里志回答道：「沒問題。你們剛才說有頭緒了？能找到優質的除錯員嗎？在這傢伙認識的人中會有那種人才嗎？」

「有的，所以下一個目標，主人不用替他製作替身。」哈利說著，把阿祖的屍體抱下來，讓愛麗絲和里昂把他搬出房外。「沒問題啊，可是讓我理清一下你們編的謊言，露娜到底是死了沒有？」每次看純生化人把人類逼到自殺的演出，總是能讓中本里志消磨不少時間。

「露娜已經死了，她跟阿祖離婚後自殺，這是真的。所以我們才能拿到她的終端機，知道她有個哥哥和控制慾過強的爸爸，不然怎麼設定背景故事？還有她的心結，就是一直以為自己跟老公只是心理問題導致性事不合，可是發現了對方一直都在出軌，所以她離婚後不久就自殺了。」

「她真的是自殺吧？」中本的語氣滿是懷疑。

「不是的。應該說她本來也想自殺，但沒有實行。所以我們推了她一把。」

「那蒂花又是誰呢？」

「這方面我們沒有伊甸雲端的資料，不清楚，但大概只是愛麗絲套出阿祖的過去後再以此為素材臨時編的謊話。」

「呵，所以這個男人並不是二十年後再次遇到同一個女生？」

「不是。阿祖二十年前出道成為小說家，跟一個叫蒂花的女生交往了三個月被甩了。受情傷後他就在二十年間不停換女朋友，跟女讀者發生關係，最後認識了露娜。他們愛得火熱，很快就祕密結婚，可是阿祖婚後還是到處鬼混，露娜發現後才自殺的。」

「所以說，她們兩個只是單純地都姓布朗？」

「主人，這可是美國第五大姓。樓上隨便掉下一塊招牌砸死的人也可能姓布朗。」

「你的幽默指數提高了嗎？」

「沒有。愛麗絲，目標送來了沒有？」哈利問道。

愛麗絲搖搖頭：「還有三分鐘左右才到。」

哈利繼續向中本說：「主人，我們從露娜的終端機找到了阿祖，剛才也從阿祖的終端機確認了另一個自殺系數很高的目標，名叫海倫‧布朗。我們還找到了她丈夫的雲端紀錄。他是個偵探，查案很有一手，曾經推翻了警察本來已經結案的事件。我覺得把他的妻子逼到自殺後，可以誘導他成為你的除錯員。」

「唔，老實說我的期望不大，但也可以試試。」就在此時，里昂揹著一個昏倒的女人走進房間，他們幾個合力把女人安置在牀上，再把她的手腳綁到牀架上。那就是海倫。

「主人，因為這次完成任務後要讓人發現她的屍體，所以我們要棄置這個場地了，準備功夫比較多，先掛了。」

「好的，我會讓文森刪除你們被天使之眼拍到的紀錄，也會讓他為你們再找新的場地。你們就先忙吧。」通訊終止，片段也到此結束。看完影片的中本里志稍為休息，去了拿冰放進威士忌之中。他以手轉動著杯子，看著打圈的冰，思緒慢慢回到過去。

回想起來，一切都是從二十年前開始的。

二零九二年，伊甸園公司在文森的帶領下推出了劃時代的科技產品，而當時的賽博格雖然在企業規模上擔當著前輩的角色，但中本里志知道在不久的將來伊甸園便會成為科技界的領頭公司。終於出現了，他一直等待著能超越賽博格的公司成為大眾和媒體的焦點。中本里志很清楚什麼叫「棒打出頭鳥」，而為了讓他心中那改變世界的鴻圖大計得以實行，他必須盡量讓公司保持低調。整個政策方向參考了以前的微軟公司，不論是在財務報表或是新聞上，從來都不會特別亮眼，只要默默耕耘，慢慢壯大自己的實力就足夠。

可是賽博格公司的生化器官業務不論怎麼掩飾利潤都仍然很耀眼，中本已經把成功研發純生化人量產技術的消息再三延後公佈，不過賽博格還是輕鬆地擊倒了所有科技企業。「這樣下去，賽博格在未來的十年將會變得萬眾矚目……」一般老闆都想自己的公司不停有盈利增長，生意愈做愈大，但中本卻為此感到煩惱。「人怕出名豬怕肥」，他深明這個道理，因為他小時候就是太過鋒芒畢露，展現了自己在電腦程式和硬體開發的才能，才會被身邊那些智障兒童排斥。他的同學並不是真的智障，可在中本的眼中除了他以外的人其實都跟智障沒多大差別。每個人都應該學懂好好隱藏自己與別不同的才能，因為當你太特別太出眾時，就會招來大班庸才的嫉妒和敵意。

可是一所已經做出成績的企業就再沒有方法隱藏自身的過人之處，跟學生不同，當學生還能轉校重新再來，而公司則沒法隨便砍掉重練。加上中本真正想實行的計

「我只是舉例讓你明白啊，科技發展得再好又怎樣？終究還是沒法令全人類都幸福的。真正能讓所有人都幸福快樂的方法，只有移除世間上的全部痛苦。但這個世界一日還有人類，就會有醜陋的人性為世間帶來痛苦。所以用純生化人取代所有人類，才是令人類幸福的唯一方法啊。」

中本里志極力解釋，他真的很希望能得到文森的理解。因為如果文森沒法理解自己的理念，那麼……那麼中本又會再次變得孤獨。他一直跟自己說，以前的傢伙都是因為智力不足才沒法理解自己，然而這一次如果他也不能認同的話，那就代表自己真的是為世所不容。

「你真是個思想完全扭曲了的科技怪人啊。」

「看來你是不肯跟我合作了？」

「只要我還活著，你就別指望能拿得到伊甸雲端的技術。」

既然如此，只要你死掉就好了。

會議之後，伊甸園便開始跟賽博格針鋒相對。也許是為了保護自己，文森很快宣佈實行天使之眼計劃，跟政府合作在市中心的大街小巷安裝智慧燈柱。中本里志則開始把量產的生化人投入市場，但也計算好每季的收入和成本，確保賽博格的市值留守第二，不會超越伊甸園。不過長遠下來，量產純生化人的業務必定會令賽博格賺到更多錢，所以中本里志才宣佈進行電子腦研發實驗。事實上，那次失敗早就注定了，他當然知道把大腦都電子化的話，製作出來的也等同純生化人，他不過是用這個項目燒錢罷了。

另一邊廂，天使之眼的研發和設置進行得如火如荼。中本知道自己如果不在天使之眼啟動前下殺手，以後就再沒有機會了。於是他開始籌備殺死文森的計劃，可是他沒法相信人類，就算聘請殺手也會害怕他把情報賣給伊甸園。因為這種做法比完成任務的風險低，報酬還更高，笨蛋也懂得怎麼選。而靠純腦生化人也不可行，因為他們也是有自由意志的機械化人類，根據中本從小到大的經驗推斷，他們也不會苟同自己的理念和做法。中本沒有忠誠的左右手，唯一能完全信任的，就只有自己生產出來的生化人。只要自己下了命令，生化人就一定會不問因由地全盤接受和完成任務。可是每個生化人的人工智能晶片都要先經政府工廠設置好根據「機械人的法則」設計的第一法則程序碼，才會運入賽博格進行組裝，完成後又要經政府再次檢查，確保沒有異樣才能出廠。受制於機械人的第一法則，「不可傷害人類」這一點，中本沒法讓生化人成為自己的專屬殺手。

他一直苦無對策，直到某日讀到一本由作家火呆人於二零九一年所寫，名叫《我的職業是遺書代筆》的舊小說時，中本突然把思考的角度切換到「自殺」之上。對啊，生化人沒法殺人，但它們可以在不傷害人類的情況下讓人自殺，這也能達到殺死人類的目的。若能把目標綁架到一個密室裡與外界隔絕，再由純生化人摧殘他的心智，理論上是能迫使目標自殺的。

唯一的問題在於生化人沒法做到第一步，因為綁架也算是企圖傷害人類的行為，所以必須由中本里志親自實行。以他的天才智慧，要繞過舊式的街道閉路電視等保安系統根本易如反掌。他能確保自己在舊式的閉路電視畫面中消失，但他對如何避開天使之眼的監控則毫無把握，所以他必須要在天使之眼正式啟用前下手。實際上的行動並不難，最難的殺人概念中本都已經弄清楚了。如果連愛德華這種全無科技知識和駭客技術的偵探都能在天使之眼的監控下綁架一個人，在舊式閉路電視為主的時代，中本就更加如入無人之境。

當然，任何新軟體在推出之前都要先試行測試版確認可行性和除錯，所以中本里志開始綁架不同的平民進行實驗。雖然理論上是可以摧毀人類的心靈，令他們失去生存意志而自殺，但要達成目的還有其他的條件。中本里志最初製作了三個專為「殺人」而設的純生化人，他向來喜歡《2001：太空漫遊》這部電影，所以也把他們的名字改為哈利、愛麗絲和里昂，把名字的首個英文字母串起來，就是電影中先進的超智慧電腦哈爾（HAL）了。中本里志讓三個純生化人祕密進行迫使人類自殺的實驗，從中慢慢摸索出成功要具備的條件。目標人物先要有難以跨越的創傷或是心結，患有情緒病、曾經自殺不遂者更佳。中本並不知道文森有沒有情緒病，也不知道他有沒有試過自殺，但他年青時的創傷卻是眾所周知。於是中本里志讓哈利、愛麗絲和里昂進一步深化攻擊人們心理創傷的技巧。然後，實驗成功讓人類自殺了。被第一法則所規管，沒法在物理上傷害人類的機械人，還是找到了法則的漏洞，以別的方法「殺死」人類。

只要實驗成功，之後的一切就簡單了。雖然要想方法在跟蹤時躲過伊甸終端機的環境檢測很麻煩，但並不是完全沒可能做到的。要從黑市購入終端機的干擾器也不困難，而且當年的終端機保安系統較落後，自然更容易得手。中本里志在做足萬全的準備後，便動手把文森綁架到市郊的廢棄小屋，再讓哈利、愛麗絲和里昂一而再再而三地瞄準他母親因被強暴而自殺的心理創傷不停攻擊，直到他的精神崩潰為止。

「對啊……為什麼我要這麼努力呢？不管我做什麼……媽媽……媽媽都不會回來了……嗚……」文森哭了，這段透過生化人眼睛記錄下來的片段，不管重看多少次還是讓中本感到很滿意。

「看吧，我早就說了，只要是人類，就不可能幸福快樂的。」最後，文森．拉羅上吊自殺了。

清除了這塊大大的絆腳石後，中本里志的計劃繼續一步步推進。他私下再製作了一個純生化人，並設計成文森的外貌和身形。本來這也只是個普通的純生化人，如果就此讓它去接觸文森的親人，一定會因為語氣、態度等等的分別而被懷疑。可是有了終端機為生化人填補記憶的空洞，也有了平日如何待人接物、生活習慣的數據，只要純生化人不是穿腸破肚，就沒有人能分辨眼前的文森到底是個真人還是個機械人。那個年代，終端機還未具備腦波認證功能，近年新增的這個機制其實也是中本策劃出來的。表面上伊甸園可提防終端機被生化人非法登入，實際上賽博格早就具備了電子腦技術，所以腦波認證根本形同虛設。

「你好啊，文森。歡迎成為我改變世界計劃裡的一分子。」文森即使有著以前的記憶，也知道自己不認同中本里志的理念，但他是個生化人，本質仍然是工具，而不是擁有自由意志的人類，因此也無從反抗。不，他可能連「反抗」的概念都沒有。

文森．拉羅一直被外界說是凍齡大叔，實際上他從二十年前就不會再衰老了。往後，生化人文森繼續代替死去的文森生活，也沒有人察覺到他已經是個機械人。至於生病怎麼辦？先不講現今社會因終端機對生活的監管和提醒，人們已經活得更健康，更少生病，而生化人本來也不會生病，根本不用擔心。至於每年的身體檢查報告之類，要偽造又有何困難？舊時代要乘坐飛機到其他國家簽合約和開會之類的活動，也全都電子化了，文森根本不用出國，不會被過境的檢查閘機發現他的異樣。總之，文森對世人而言仍然是伊甸園公司的天才行政總裁，就算是巴別塔大堂檢測閘機，中本里志也在伊甸園進行例行器械檢查時，讓檢查機械人對閘機動手腳。這麼多年來，最右邊閘機的生化人感應器已經失效，所以文森永遠只會從那部閘機進入大樓。

文森繼續帶領伊甸園公司發展，啟動了天使之眼，更把這個計劃推廣到全世界，進一步完善了伊甸雲端的數據，同時還一直在表面上與賽博格過不去。在中本的控制下，文森可以盡全力擴張伊甸園的業務，不時在媒體上打擊一下賽博格的新產品。最完美的是，文森的人工智能也運用了「區塊鏈」技術，所以中本只需要對任何一個純生化人下命令，文森就能馬上收到。對外界而言，二人在閉門會議後就不曾見過對方，誰又會想到伊甸園的發展藍圖其實一直都是由中本里志操刀？

從二零九七年天使之眼正式啟動，到二一一二年這十五年間，伊甸園一直在改善伊甸雲端的技術，成為拯救世人的傳奇公司。伊甸園就是超科技世代中的英雄，一個又一個實例宣告著有了它的存在，人們的生活過得更開心、更方便、更富足、更健康和更有意義。賽博格則繼續低調行事，不出風頭，默默實行自己的計劃。至於中本里志一直希望達成的革命，是以純生化人取代人類，所以這十五年間一直以伊甸園公司為跳板，聘請中介和黑市勞工隨機將平民擄走後，由大量的純生化人為他們編寫度身訂造的自殺劇本，將他們逼得自殺，然後製作外貌相同的純生化人取代本尊。慢慢地，純人類的數目便會愈來愈少，直到最後全世界只剩下生化機械人，純人類將會完全被取代。

只要有伊甸園作為跳板，要是最後東窗事發都只有它會成為眾矢之的，沒有人會查得出背後是中本里志在搞鬼。所以不論是空殼公司又好、銀行帳戶又好、後門程式的登入帳號也好，全都會回溯到文森身上。要是誰發現到天使之眼的備份紀錄有問題，又能偷出備份的話，很快就能理清整件事情的脈絡。然而中本里志向來是個科技人，科技人很重視除錯這個步驟。正如每一個軟體在推出之前都會先聘請專業駭客嘗試破解，盡量找出漏洞並在推出市面前除錯，使軟體的功能和安全性更完善，中本里志也一直覺得需要為自己的大計除錯。

如果在他毫無準備的情況下，有人能找到突破口，查出伊甸園公司修改備份紀錄的話，接下來又怎樣應對呢？他討厭突發情況，他需要一切盡在掌握之中的感覺，不希望哪天起牀就突然發現伊甸園的醜聞被爆出來。所以他開始私下招募能人異士，嘗試找出伊甸園的漏洞。而文森也接了命令要全力阻止這些人追查到關鍵線索，只有這樣不停改善保安機制，日後賽博格接管時，才能把保安漏洞降到最少。而那些把情報賣給伊甸園的商業間諜，自然不知道文森背後的中本把一切看在眼內，那些叛徒最後的下場當然也是成為一具上吊的屍體，再被生化人取代。

生化人取代人類計劃的厲害之處在於，它明明就在所有人眼前發生，卻人人都沒法察覺。其實這跟一直以來的新科技一樣，總是不知不覺地改變了世人的生活。即使是痛苦的改變，只要人們慢慢習慣、被蠶食的話，沒有人會在意改變後的結果會不會是場災難。就像要人們需要一個月內付清買樓的一千萬，他們可能會激烈地反抗。但把一千萬分成十年、二十年來還，他們還不是每個月乖乖還房貸？

幸好中本里志多年來都未能找到伊甸園的缺口，或者應該說還未遇上能成功闖入巴別塔的人。不過看似再完美的軟體都一定會有缺陷，只差在何時會被有才能的黑客找出來。中本里志想通了，與其像盲頭蒼蠅般對外招攬質素參差的人，倒不如主動出擊引出真正有才能的主帥。往後純生化人們在迫使目標自殺前後，都會對目標認識的人再作深入的調查，反正伊甸雲端裡有著所有人的個人資料和記憶，只要花時間便能找出一些有才能的傢伙。純生化人在迫使特定的人類自殺後，會通知中本不需要製作替代本尊的生化人，讓目標的親朋戚友知道那人自殺的消息。可是證據卻有明顯的漏洞，只待對死因裁決不滿的人主動調查伊甸園隱藏的祕密。

只是萬萬想不到現今的社會，九成半的人寧願選擇相信那有問題的證據。他們已經過於信任伊甸雲端系統，這十年來政府和司法機構把伊甸雲端的紀錄奉為真理，看得中本里志不禁冷笑。也許就算有目擊者親眼看著中本殺人，而伊甸雲端的紀錄有與證人口供相反的片段，人們都會相信後者多於目擊者的證詞。真相不再是真相，而是伊甸雲端可被刪改的數據。即使人人都知道數據理論上存在被刪改的可能性，他們仍然選擇相信所有紀錄都是公平公正的。不是嗎？如果大家都不覺得這套系統提供的證據有問題，也就代表它應該是沒問題的吧？就算覺得不對勁，以一己之力又能對伊甸園公司做什麼？根本是蚍蜉撼樹。想到實力的懸殊，就沒多少個人有勇氣站起來試圖對抗不公的系統。

所以中本里志從來都看不起人類。人類就是如此愚蠢、人云亦云、不善思考、不敢反抗的動物。等了足足十五年時間，才終於出了一個愛德華，在察覺到證據跟自己所認知的現實不符時，決定憑一己之力查出真相。他有必須還妻子清白的強烈意志，更有膽識和能力獨自對抗整個伊甸園，這種人才令中本里志感受到人類無限的可能性，可是這種人的數量實在太少了。中本在人生中，只有三次有過這種感覺。第一次是知道自己是天才的時候；第二次是看文森第一次舉辦終端機發佈會的時候；第三次就是聽愛德華把整個扳倒伊甸園的計劃娓娓道來時。

「真的，太可惜了。」每一個中本里志欣賞的人，都是百年難得一見的人才，為何他們都沒法理解他的理念呢？為了讓生化人完全取代人類，這麼多年來中本里志下了多少苦功，外人根本無從得知，讓那堆廢物嘗試去找出伊甸園的保安漏洞更是勞神費心的苦差。真的是到了現在，中本才從愛德華口中得知自己一直忽視了的保安漏洞原來在垃圾處理的部分，只有愛德華才配被稱為「除錯員」，以前的傢伙相比起來只是人猿。

雖然可惜，但也多虧了愛德華把伊甸園擊潰，中本里志的計劃才總算再走前了一步。他一直以來就是要讓伊甸園成為世人的焦點，成為這個時代的英雄，而這個英雄卻暗中做著犯罪的勾當，只差一個人把來龍去脈查出來。事實上現在的發展也印證了中本最初的想法，如果是賽博格被發現是幕後黑手就回天乏術了。但是伊甸園骯髒的勾當被發現後，賽博格卻能名正言順又合法地把它收購。所以這些年來所有髒活都交給了文森和伊甸園，就像日本天皇永遠不用為日本負責，英女皇也不必為英國負責，千錯萬錯都是首相的錯。伊甸園就是首相，現在首相被揭發是個罪犯，賽博格就能以英雄的姿態取而代之。

沒有人會質疑和推翻上一個朝代的英雄，至少幾十年內都不會了。而且賽博格也有著讓大眾安心的去中心化技術，即使實際是糖衣毒藥都好，在問題再次慢慢浮現之前人們都樂意吞食。

中本里志將同樣的原理套用在賽博格收購伊甸園的操作上，誰又會真的知道他所說的「區塊鏈」並不是真的區塊鏈呢？專家又能查出來嗎？就假設他們有能耐查出人工智能的區塊鏈有問題，那又如何？

人類總是「不見棺材不流眼淚」，短期內看不見棺材的話，就會以為自己能一直活下去。中本里志知道長此下去，這種技術還是會導致跟伊甸園一樣的結局，但只要多給他十幾年的時間，地球上也沒剩下多少個純人類還能反抗了。

「主人，我們收到了你送來的新目標。」哈利對中本里志說道，他看了看那個人，確定了是昏倒的愛德華沒錯。看著愛德華的樣子，中本不禁搖了搖頭，人類向來不會提防盟友，這也是他唯一的失策。人類的肉體敵不過麻醉藥，但中本是個純腦生化人，麻醉對他全無影響，喝同一瓶毒酒也沒所謂。但又怎能怪愛德華大意呢？在他的角度看來，中本里志是個一直希望擊倒伊甸園的純人類，多年來的隔空開火，發展方針上的對抗等等都足以讓所有人相信兩間公司水火不容。如果愛德華知道自己一直在跟老闆說著怎樣扳倒他旗下的另一間公司，一定也會被這個惡趣味的玩笑弄得哭笑不得。怪就怪在，他的對手是中本里志。

「好，讓他自殺吧。」

「收到。」

「啊，還有，給我安排人來重新評估阿瓦隆和巴別塔的垃圾回收區，然後加強那邊的保安設備吧。」哈利點點頭，便跟另外二人把愛德華搬進房間裡，把他的手腳綁在牀架上。中本里志把手中的威士忌一飲而盡。計劃的下一步，就是讓生化人替代機場的機電工人和入境處職員，使他們可以通過機場的出入境檢查。

不過在這之前，還是先開始設計新的電子垃圾桶吧。

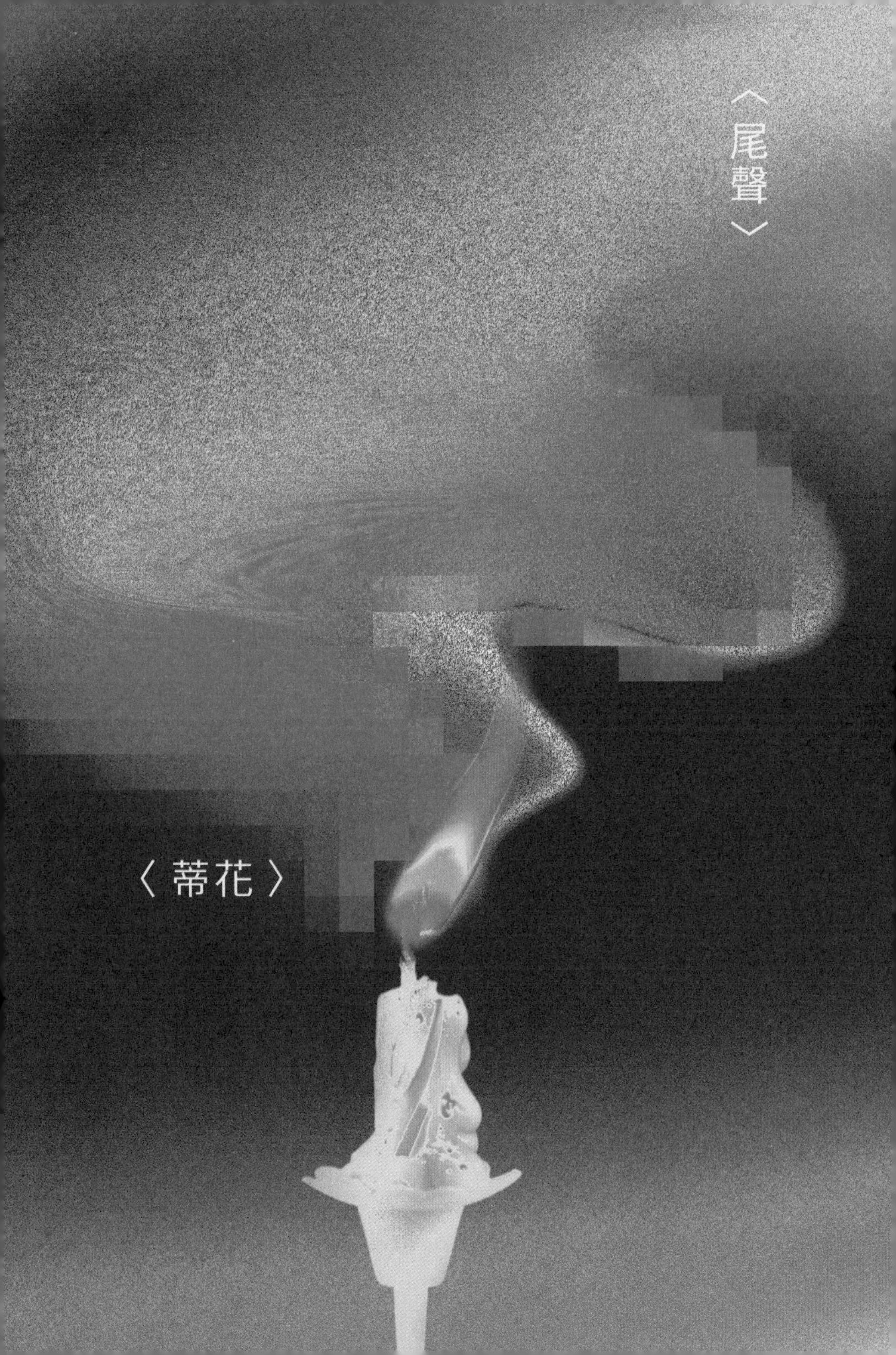
〈尾聲〉
〈蒂花〉

我提著生日蛋糕走在回家的路上，老公也快要下班了，回去後就能開餐。話說回來，幸好蛋糕店能趕上在今天做好特製的網絡超人蛋糕，不然小羅拔會很失望呢。爸爸已經老早在家幫忙照顧小羅拔和他的朋友們，希望不會出什麼亂子啦，畢竟他年事已高。

就在此時，我竟然看到了一個有點眼熟的身影。「你是……阿祖？」已經二十年了，想不到阿祖的樣子仍然沒變太多。

「啊？」他有點驚訝地回頭，點了一下終端機……「抱歉，終端機沒有你的資料啊，你是哪位？」

我沒好氣地笑了……「也對啊，我們那個年代還沒有終端機呢。我是蒂花啦！蒂花．布朗。怎麼可以這樣就忘了初戀情人呢？」只見他不好意思地抓抓頭……「抱歉，我之前有點事，已經沒了終端機時代之前的記憶了。」

「喔，真是可惜。」其實他忘了當年我出軌的事也好，那就應該不會再傷心了吧？話說我也真是厚顏無恥，明明是我有負於他，卻還是主動向他打招呼。唔……我應該是沒法接受自己就此當作沒看到阿祖吧？始終我欠他一個正式的道歉，不管他記不記得。

「是這樣的，我想正正式式地為當年的事道歉。」阿祖一臉茫然：「當年的……事？」

沒了終端機的紀錄真的很不方便，他也許是頭部受傷而失憶了吧？

「對。你忘了也沒關係，我就是想跟你道歉而已。」他猶豫了半刻，便露出微笑道：

「好吧，不要緊，我原諒你了。」

「那就好。我要回去兒子的生日派對了，祝你有愉快的一日。」

「你也是。」我和阿祖就此道別，然後就坐上特斯拉伽瑪型回家去了。我一直在看著跟哥哥的通訊介面，傳給他的訊息都沒有回覆，真是讓人擔心。希望他的工作沒什麼危險吧。不久我就回到家了，小羅拔看到網絡超人的蛋糕，超開心的。老公也回家了，人齊就可以吃生日蛋糕了。

叮噹——就在我們準備要唱生日歌時，大門的鐘聲響起了。這個時候會是誰呢？

「喲，蒂花。我來了。」

「哥哥！」我高興得馬上抱住了他，小朋友們也好奇地走到玄關，小羅拔更是尖叫了起來：「愛德華叔叔！愛德華叔叔！」也跑來抱住哥哥的腳，真是的，也要自己爸爸回家都沒這麼熱情呢，這小傢伙。

「小羅拔，生日快樂喔。」哥哥說著，把藏在身後的大禮送給小羅拔。

「嘩！這是什麼這是什麼？媽咪我能拆開嗎？能現在拆開嗎？」

真沒這小傢伙辦法。「好啦好啦。」

沒等我說完，小羅拔已經撕開了包裝紙：「是網絡超人的變身腰帶！謝謝愛德華叔叔！」他在朋友羨慕的目光下一蹦一跳地衝回屋內。我沒好氣地一掌打在哥哥的手臂上：「你啊，真的太寵他了啊。」

「沒辦法啦，誰叫他是我姪子呢。」哥哥說著，脫下鞋子走進屋裡。我有點呆了：「呃……你不還手嗎？」他平時總是會報復地打回我的手臂一下，這是我們從小到大的傳統了。哥哥好像沒聽到我的問題，被屋內歡樂的氣氛吸引過去了，留下我一個站在玄關。看著哥哥的背影，我慢慢關上大門。

總感覺……今天的哥哥，有點不同。

全文完

P266 / P267

〈作者〉 〈做金庸的男人〉
〈編輯〉 〈Annie Wong，Sonia Leung，Tanlui〉
〈實習編輯〉 〈Iris Li〉
〈校對〉 〈馬柔〉
〈美術總監〉 〈Rogerger Ng〉
〈書籍設計〉 〈Puilokk〉

〈出版〉 〈白卷出版有限公司／
新界葵涌大圓街 11-13 號同珍工業大廈 B 座 16 樓 8 室〉
〈網址〉 〈www.whitepaper.com.hk〉
〈電郵〉 〈email@whitepaper.com.hk〉
〈發行〉 〈泛華發行代理有限公司〉
〈電郵〉 〈gccd@singtaonewscorp.com〉
〈承印〉 〈Ideastore(HK) Limited〉

〈版次〉 〈2022 年 7 月／初版〉
〈ISBN〉 〈978-988-74870-8-1〉

〈本書只代表作者個人意見，並不代表本社立場。〉
〈© 版權所有 · 翻印必究〉